Jakob Musashi Leonhardt

Knapp vorbei ist auch daneben

Ein genialer Chaot packt aus

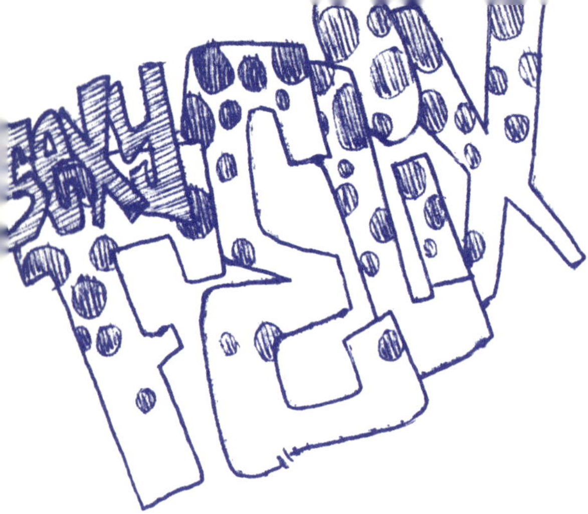

Jakob Musashi Leonhardt,
geboren 1975, ist ein Weltenbummler
und in Tokio genauso zu Hause wie in Hamburg.
Er hat einige Romane für junge Leser veröffentlicht und ist
zudem als Musiker und Sounddesigner tätig.
Zu seinen Leidenschaften zählt das Tauchen,
japanischer Sencha-Tee sowie die Musik von Coldplay.

Jakob Musashi Leonhardt

KNAPP VORBEI IST AUCH DANEBEN

Ein genialer Chaot packt aus

Mit Illustrationen
von Fréderic Bertrand

Arena

FSC
www.fsc.org
MIX
Papier aus verantwortungsvollen Quellen
FSC® C110508

1. Auflage 2012

Einband- und Innenillustrationen: Fréderic Bertrand
Covergestaltung: Frauke Schneider
Gesamtherstellung: Westermann Druck Zwickau GmbH
ISBN 978-3-401-06641-7

www.arena-verlag.de
Mitreden unter forum.arena-verlag.de

MISTER
FELIX
ROHRBACH
VOL
0
10
XXL
DG
BRAND
SAME
SAME
XXXL

1.

Es ist der letzte Abend der großen Ferien. Morgen geht die Schule wieder los und damit die endlose Quälerei eines neuen Schuljahrs. Mein bester Freund Musti und ich hocken schon seit Stunden in der hinteren Ecke von diesem verwilderten Baugrundstück, wo wir uns immer treffen, wenn es etwas Wichtiges zu besprechen gibt. Und heute gibt es definitiv etwas zu besprechen.

Wir brauchen einen Plan – und zwar einen, der verhindert, dass unser freies Leben ab morgen wieder in einen Stundenplan gezwängt wird.

Einen Plan, der uns außerdem und ganz nebenbei die Bewunderung unserer Mitschüler einbringen soll.

Das Problem ist bloß, dass wir bisher nicht einmal den Hauch einer Idee haben. Das muss sich ändern. Und zwar möglichst schnell!

Normalerweise ist auf Musti in solchen Situationen immer Verlass. Eigentlich heißt er Mustafa und hält sich selbst für so eine Art Gangsta-Rapper, in der Art von Ice-T oder Snoop Dogg. Obwohl er eher aussieht wie Israel Kamakawiwo'ole. Ihr wisst schon, dieser dicke Hawaiianer. Wenn Musti redet, sagt er ständig *Yo,*

Mann oder *Ey, Dude*. Dazu macht er seltsame Bewegungen mit den Händen und spreizt dabei die Finger ab. Seine größte Sorge ist seine Street-Credibility, worüber man sich eigentlich nur kaputtlachen kann. Mustis Vater hat nämlich eine große Firma, seine Mutter ist Lehrerin und die Familie wohnt in einer Villa. Mit der *Street* hat Musti also eher weniger zu tun.

Aber er ist wirklich ein Supertyp, auf den man sich immer zu hundert Prozent verlassen kann.

Plötzlich spüre ich, wie eine geniale Idee anfängt, sich durch meine Gehirnwindungen zu wälzen. Ich werfe Musti einen Blick zu, grinse und sage: »Halt dich fest. Ich weiß jetzt, was wir machen. Und ich kann dir sagen, es wird absolut gigantisch werden.«

Musti sieht mich eher skeptisch an und sagt: »Abu! Lass hören, Digger.«

»Ganz einfach: Wir brechen heute Nacht in die Schule ein und veranstalten das größte Chaos, das die Menschheit je gesehen hat. Etwas, das mit irdischen Dingen nicht zu erklären ist. Die Schule wird nach unserem Coup aussehen, als sei eine Horde durchgeknallter Geister und Dämonen durch die Räume gezogen und hätte in der Schulmensa eine Party gefeiert.«

»Yo, Mann. Klingt super«, antwortet Musti und hört sich dabei ungefähr so begeistert an, als hätte ich ihm vorgeschlagen, Enten füttern zu gehen.

»Mann, Musti. Sei nicht so lahm. Wenn wir das durchziehen, ist morgen früh die Hölle los. Die Hälfte der Leute wird vor Angst kreischend davonlaufen und glauben,

dass hier so etwas wie schwarze Magie am Werke war. Und die andere Hälfte wird der Rektor dann auch nach Hause schicken müssen. Mit anderen Worten: Der Unterricht fällt aus und die Ferien gehen erst einmal weiter. Das ist doch genial.«

»Yo, Mann. Sag ich dir, was passieren wird, Alter. Schiefgehen wird dein Plan und dann wir stecken mal wieder bis zum Hals in der Scheiße, Mann. Das wird passieren, Digger.«

»Stöhn und Doppelstöhn! Heißt das, du kneifst?!«

»Quatsch, Alter. Bin dabei, ist doch klar. Ich mein ja bloß.«

Cool wäre es natürlich, in eine Zoohandlung einzubrechen, alles an Gifttieren mitgehen zu lassen, was vorrätig ist, und die netten Viecher in der Schule auszusetzen. Man könnte zum Beispiel ein paar Skorpione auf dem Klo verstecken, Taranteln in der Pausenhalle verteilen und eine Anakonda auf der Tafel platzieren.

2.

Wir legen also los. Gegen Mitternacht schleichen wir uns so vorsichtig und lautlos wie nur möglich durchs Schultor und auf den Hof. Inzwischen haben wir uns umgezogen und sehen aus wie zwei Ninjas, die gerade von ihrem japanischen Daimyo-Fürsten damit beauftragt worden sind, den Tenno zu killen: von Kopf bis Fuß in Schwarz und dazu zwei blickdichte Masken. Fehlen eigentlich nur noch die Schwerter auf dem Rücken. Stattdessen haben wir dort jeder einen prall gefüllten Rucksack hängen.

Allerdings sieht Musti nicht wirklich wie ein Ninja aus. Eher wie ein Sumoringer. Also immerhin auch irgendwie japanisch. Aber null gefährlich.

Und genau das könnte zum Problem werden.

Musti ist wie gesagt genauso alt wie ich, nämlich fünfzehn. Aber er wiegt mindestens so viel wie zwei Fünfzehnjährige. Wie viel genau, weiß ich nicht, deshalb flüstere ich ihm zu: »Ey, Musti. Warte mal.«

»Wasnlos, Alter?«, zischt er zurück.

»Wie viel wiegst du?«

»Weiß nicht, Digger. Die Waage geht immer kaputt, wenn ich draufsteige.«

»Jetzt sag.«

»Fünfzig.«

»Tonnen? Red kein Quatsch. Du wiegst niemals fünfzig.«

»Mal zwei. Oder so.«

»Staun und Doppelstaun! Das darf ja wohl nicht wahr sein! Aber egal, wir müssen den Plan ändern«, flüstere ich.

»Wieso?«

Ich zeige ihm das Seil mit der Ankerkralle. Eigentlich war der Plan, die Kralle zum Dach hochzuschleudern, oben in der Regenrinne einzuhaken und uns daran hochzuziehen. Dann wollten wir im ersten Stock ein Fenster aufhebeln und dort in einen Klassenraum einsteigen.

Aber das wird wohl nichts, wie mir jetzt klar geworden ist. Das Seil kann Mustis Gewicht unmöglich halten. Kein Seil kann das.

»Yo, Mann, kein Problem«, sagt er gut gelaunt. »Lass uns einfach nach Hause gehen, was essen und Sache vergessen, weissu?!«

»Bekommst du jetzt doch kalte Füße oder was?«

»Nee. Ja. Weiß nicht. Kann sein.«

»Verstehe«, sage ich und grinse. »Also?!«

»Uns wird schon was einfallen, wie wir in die verdammte Schule reinkommen.«

»So kenne ich dich«, sage ich und halte die Hand hoch. Musti grinst und klatscht ab.

3.

Wir setzen uns auf den Bürgersteig, um uns erst mal zu beraten. Musti zieht aus seinem Rucksack eine Tüte mit Schokoriegeln und fängt sofort an zu mampfen. Dazu schiebt er alle paar Sekunden seine schwarze Maske nach oben, um von dem Riegel abzubeißen. Genialer Gangster, echt ey. Vermutlich wird er auch noch eine gut sichtbare Spur aus Schokoriegelverpackungen hinter sich lassen, die von der Schule direkt zu seiner Haustür führt.

Eigentlich können wir nach der Aktion auch direkt zur Polizei gehen und uns selbst anzeigen. Dann würden wir auf der Stelle verhaftet werden. Aber nicht wegen der Schulaktion, sondern wegen krimineller Blödheit.

»Kannst du nicht EINMAL aufhören zu essen?«, schnauze ich ihn an. Musti hat Appetit wie eine Büffelherde oder ein Heuschreckenschwarm. Wo er war, ist nur noch Wüste. Das gilt vor allem für kalte Buffets, Kioske und Supermärkte.

»Mann, Alter. Hörssu auf, auf mir rumzuhacken!«

»Nur wenn du aufhörst zu essen.«

Nachdenklich starrt Musti vor sich hin und murmelt dann mit mindestens drei Schokoriegeln im Mund: »Ach nee, Digger, dann hackssu lieber weiter auf mir rum.«

Wir werfen uns einen Blick zu und müssen beide losprusten. Das ist immer so bei uns. Ständig streiten wir uns wegen allem Möglichen. Aber schon zwei Minuten später lachen wir uns schlapp darüber. Echte Freunde halt. »Das Beste, wo gibt, Alter« – wie Musti sagen würde.

Checkliste, um einen echten Freund zu erkennen:

Er unterstützt dich bei den verrücktesten Ideen, obwohl er sie für die verrücktesten Ideen hält.

☐ JA ☐ NEIN

Er kennt genau wie du alle Stammspieler der NBA.

☐ JA ☐ NEIN

Er teilt seine Gratis-Gutscheine für McDonald's mit dir.

☐ JA ☐ NEIN

Er schreibt die Hausaufgaben von dir ab, obwohl er weiß, dass du noch schlechter in Mathe bist als er.

☐ JA ☐ NEIN

Er ist derjenige, der dir sagt, wenn du mal wieder totalen Mist baust, obwohl er weiß, dass du deshalb sauer auf ihn sein wirst.

☐ JA ☐ NEIN

4.

Wenig später haben wir es geschafft und laufen den langen Flur im A-Trakt entlang. Es ging viel einfacher, in die Schule einzubrechen, als wir dachten. Grins und Doppelgrins. Zum Glück ist uns nämlich eingefallen, dass die hintere Kellertür nie abgeschlossen ist. Unser Hausmeister, Herr Kosniack, hat ein Gedächtnis wie ein alzheimerkranker, gehirnamputierter 100-Jähriger. Sein Job ist in erster Linie, morgens die Türen auf- und abends wieder zuzuschließen. Aber genau das vergisst er meistens.

Nur damit ihr mich jetzt nicht falsch versteht: Wir mögen Herrn Kosniack. Er kommt aus Kasachstan und tut uns oft ziemlich leid, weil seine Frau Olga ihn ständig fertigmacht. Vor Olga kann man übrigens echt Angst kriegen. Vor einem halben Jahr hat sie ein paar Schüler dabei erwischt, wie sie ein paar Basketbälle aus der Turnhalle mitgehen ließen. Olga hat sich einen Baseballschläger geschnappt und sie dreimal um das ganze Schulgebäude gejagt, bis ihr irgendwann die Puste ausging. Dann hat sie nur noch geflucht. Aber auf Russisch – niemand hat auch nur ein Wort verstanden. Aber das war vielleicht auch besser so. Zumindest hat sie uns nicht beim Rektor verpetzt.

5.

Inzwischen ist es fast ein Uhr morgens. Im Schein unserer Taschenlampen machen wir uns an die Arbeit. Als Erstes vertauschen wir die Nummern an den Klassenräumen und schieben Stühle und Tische so chaotisch wie nur möglich durcheinander oder türmen sie zu seltsamen Pyramiden aufeinander. Dann hängen wir die Türen aus, drehen Schränke auf den Kopf und ersetzen normale Glühbirnen durch Schwarzlichtstrahler.

Ganz zum Schluss kommt das Tollste, worauf ich mich schon die ganze Zeit gefreut habe: Ich packe mein umfangreiches Sortiment an Spraydosen aus und beginne, Tafeln, Flurwände, Decken, den Fußboden der Turnhalle und die Eingangstür der Aula zu verzieren. Nach kurzer Zeit sind überall grellbunte Tags, Paints und Slogans verteilt.

Normalerweise verziere ich auf diese Art Betonwände, U-Bahn-Waggons oder alte Lagerschuppen. Die Schule zu sprayen, ist aber natürlich noch dreimal besser!

Nach drei Stunden sind wir immer noch nicht mit der Aktion fertig. Das liegt unter anderem daran, dass Musti zwischendurch ständig aufs Klo rennt. Als er schon wieder in Richtung Toilette verschwinden will, schnauze ich ihn entnervt an: »Verdammt, Musti! Wir wollen die Schule umdekorieren und du musst schon wieder kacken. Das kann doch nicht wahr sein.«

»Doch, Digger, glaub schon.«

»Du *glaubst* schon?!«

»Yepp. Kann auch sein, dass es nur ein Furz ist. Bin mir nicht ganz sicher, Alter.«

»Du bist echt nicht zum Ninja geboren.«

»Hab ich das behauptet, Alter? Nein, hab ich nicht.«

Während Musti auf dem dunklen Schulklo sitzt und Geräusche produziert, die an eine gewaltige Gewitterfront erinnern, hocke ich im Flur auf dem Boden. Eine kleine Pause ist auch nicht so schlecht.

Ich frage mich, ob diese Aktion wirklich so genial ist, wie ich zuerst dachte. Könnte gut sein, dass Musti mit seinen Bedenken nicht so unrecht hatte. Eins kann ich nämlich wirklich gut: verrückte Ideen haben und dadurch in Schwierigkeiten geraten. Ich warte sozusagen nur darauf, dass es endlich mal eine Castingshow mit dem Titel *Deutschland sucht den Super-Chaoten* gibt. Weil ich da garantiert gewinnen würde.

Jetzt sollte ich wahrscheinlich endlich mal ein paar Sachen zu mir sagen. Damit ihr auch kapiert, was bei mir so abgeht.

Am besten ich fange mit dem Schlimmsten an, meinen Eltern. Die sind… schwierig. Wie Eltern halt meistens so sind. Nur noch ein bisschen schwieriger.

Mein Dad zum Beispiel sammelt nicht etwa Briefmarken, Modellautos oder antike Landkarten, er sammelt *Macken.*

Wenn er zum Beispiel behauptet, joggen zu gehen, sitzt er in Wahrheit in der Garage und raucht heimlich Zigarren.

Und wenn er sich abends mit seinen Freunden von früher trifft, schmuggelt er heimlich eine alte, mit Sprüchen vollgekritzelte Lederjacke aus dem Haus und zieht sie erst an, wenn er glaubt, wir sehen ihn nicht mehr.

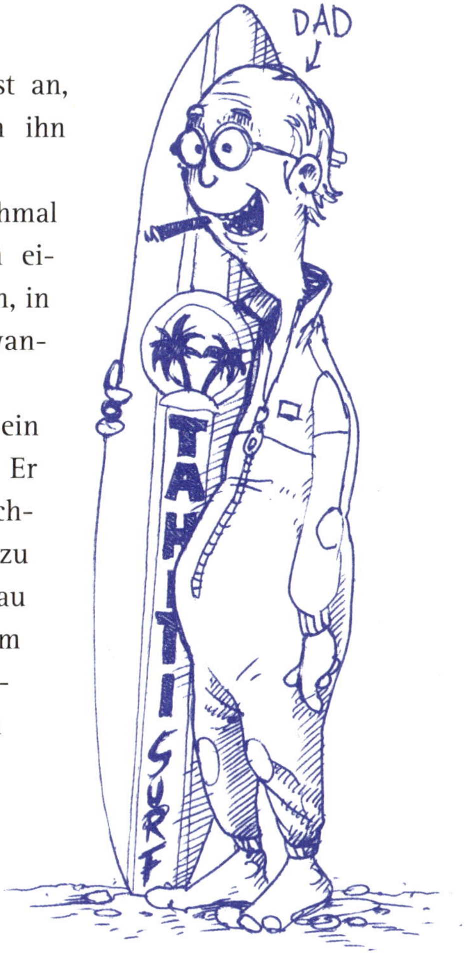

Im Urlaub geht er manchmal windsurfen und zieht dann einen uralten Neoprenanzug an, in dem er aussieht wie ein schwangerer Seehund.

Aber mein Dad hat auch ein paar ganz positive Seiten. Er ist Architekt und ist auf Hochhäuser spezialisiert. Ab und zu nimmt er mich mit auf den Bau und dann balancieren wir im 19. Stockwerk auf schwankenden Stahlträgern herum und spucken in die Tiefe. Meine Mom darf das allerdings nicht wissen (also nicht das mit dem Spucken, sondern das mit den Stahlträgern).

Meine Mutter ist ganz in Ordnung. Also abgesehen davon, dass sie einen Putztick, einen Sporttick und einen Kosmetiktick hat. Ein perfekter Tag sieht bei ihr so aus, dass sie morgens um sechs Uhr aufsteht und erst einmal das ganze Haus staubsaugt – auch die Zimmer, in denen die anderen Familienmitglieder noch friedlich schlafen. Dann geht sie joggen und im Gegensatz zu meinem Dad geht sie wirklich joggen.

Sie ist Rechtsanwältin, und zwar eine sehr erfolgreiche.

Das ist gut für die Familienkasse und schlecht für mich, weil sie mich regelmäßig einem Kreuzverhör unterzieht. Sie ertappt mich bei jeder Lüge. Aber wenn es hart auf hart kommt, kann ich mich immer auf sie verlassen.

Zu meiner Familie gehört außerdem noch meine jüngere Schwester Jenni, die sich aber schon seit dem Kindergarten so benimmt, als wäre sie meine ältere Schwester. Das bedeutet, sie ist der Meinung, mich erziehen zu müssen. Ihre Stimme klingt dabei wie das Gekläffe von so einem nervigen Schoßhündchen. Darum nenne ich sie meistens auch nicht Jenni, sondern Jack Russell. Sie hasst es und ich liebe es.

Oben im Haus wohnt mein Opa Hans-Jürgen, der Dad von meiner Mom. Viel bekommen wir nicht von ihm mit. Opa verbringt sein komplettes Leben auf dem Sofa. Wahrscheinlich ist er mittlerweile mit dem Polster zusammengewachsen. Einmal hat mein Opa als Abo-Prämie für eine Zeitschrift einen iPod bekommen. Leider wusste Opa nicht, was ein iPod ist. Er hat das Gerät für einen Rasierer gehalten und dann weggeworfen (weil er ja nicht funktioniert hat, der Rasierer).

Ich erzähle das alles nur, damit ihr kapiert, wer ich eigentlich bin, nämlich jemand, der gelernt hat, sich gegen Widerstände durchzusetzen. Ich bin eine Kämpfernatur. Jemand, der lieber etwas Verrücktes macht als gar nichts.

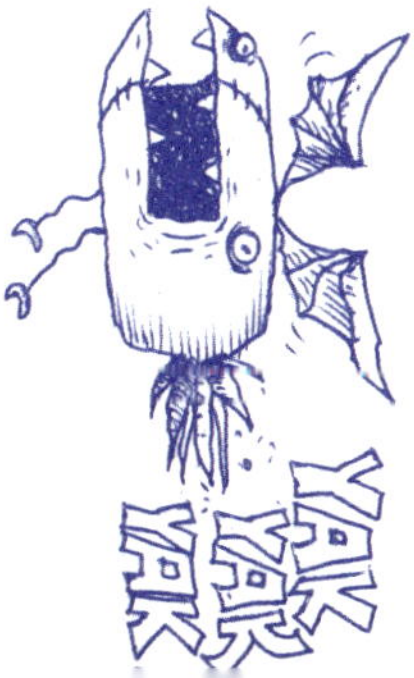

7.

Am nächsten Morgen werde ich schon sehr früh wach. Gähn und Doppelgähn. Ich öffne die Augen und sofort sind alle Erinnerungen an die letzte Nacht wieder da. Und die große Frage: Wird unser Plan klappen? Und was wird danach passieren? Vor allem, wenn es nicht klappt, was ist dann? Bricht dann die Hölle los?

Ich wälze mich aus dem Bett, obwohl mein Wecker noch nicht geklingelt hat, und schlurfe ins Bad. Dort betrachte ich mit grimmigem Gesicht die drei neuen Pickel, die über Nacht auf meiner Stirn gewachsen sind.

Es sind nicht diese kleinen roten Flecken, die jucken und aussehen, als hätte man Schimmelpilze im Gesicht. Meine Pickel gehören zu der Gattung der Riesen-Vulkane, fast einen halben Zentimeter hoch und mit einem fetten weißen Krater in der Mitte. Ich muss sie eigentlich nur scharf angucken und schon platzen sie auf und spritzen eine

volle Ladung Eiter gegen den Badezimmerspiegel. Leider sieht man danach nicht wirklich besser aus als vorher.

Als ich mich nach dem Duschen in meinem Zimmer anziehe, geht drüben im Badezimmer das Geschrei los. Jack Russell ist aufgestanden und hat die Schweinerei entdeckt, die meine Pickelaktion am Spiegel hinterlassen hat. Quetsch und Doppelquetsch.

Wütend stampft sie durch den Flur und reißt meine Zimmertür auf. »Mann, Felix, du bist so was von ekelhaft. Ich könnte kotzen«, schreit sie.

»Mach doch!«

Jack stemmt die Hände in die Hüften, funkelt mich giftig an und keift: »Weißt du eigentlich, warum dich alle so abstoßend finden? Vor allem die Mädchen? Soll ich's dir sagen? Weil du ein Nerd bist. Ein verrücktes Ekel, das nur Müll im Kopf hat. Denk mal drüber nach.«

»Wie soll Müll denken?«

»Hä?«

»Vergiss es.«

Sie zischt noch irgendetwas Unfreundliches durch die Zähne und verschwindet dann wieder im Badezimmer.

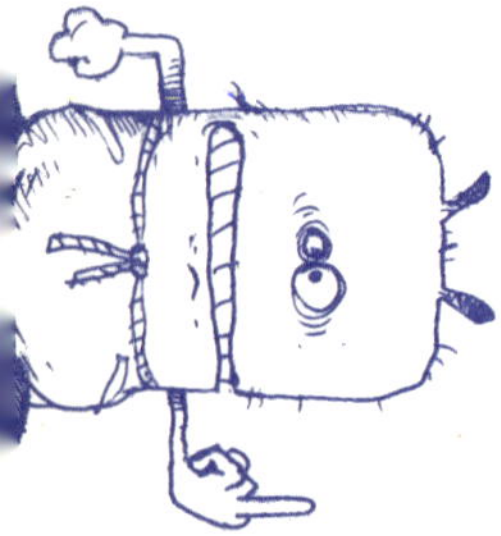

8.

Als Jack Russell und ich kurz danach am Frühstückstisch sitzen, mustert sie mich misstrauisch und fragt: »Warum bist du heute eigentlich so früh aufgestanden?«

»Weil wir Schule haben?!«

»Ja und? Deswegen stehst du doch sonst auch nicht auf. Kommst schließlich jeden Tag zu spät.«

»Im neuen Schuljahr wird so einiges anders werden. Ich habe Pläne.«

»Du hast Pläne?! Na, klar. Du hast Mist gebaut, das sieht man doch auf zehn Meter Entfernung.«

»Ach, halt die Klappe, Jack.«

Mom, die mit uns am Tisch sitzt, lässt die Zeitung sinken, fixiert mich mit ihrem *Boston-Legal*-Blick und sagt: »Sprich nicht so mit deiner Schwester.«

»Ich glaube nicht, dass sie meine Schwester ist.«

»Und ich habe ernsthafte Zweifel, dass du mein Sohn bist. Jedenfalls weiß ich nicht, woher du dieses schlechte Benehmen hast.«

»Vielleicht von Papa?!«, schlage ich vor.

Sie grinst. »Ja, das könnte sein.«

In diesem Augenblick kommt mein Vater in die Küche und fragt: »Redet ihr etwa über mich?!«

Meine Mutter sieht uns verschwörerisch an und sagt: »Wir haben nur gerade festgestellt, dass du und Felix einige verblüffende Ähnlichkeiten aufweist.«

»Logisch! Er ist genau wie ich ein netter, sympathischer und vielversprechender Kerl.«

»Ganz so haben wir das eigentlich nicht gemeint«, sagt Jenni schnippisch.

Ich strecke Jenni die Zunge raus und sie zeigt mir den Finger. Das ist unsere Art zu zeigen, dass wir uns eigentlich doch mögen. Wir fangen an zu lachen und unsere Eltern verstehen gar nichts. Ein ganz normaler Morgen in einer netten kleinen Durchschnittsfamilie.

9.

Schon um halb acht treffe ich mich mit Musti an der großen Kreuzung vor der Schule. Er grinst von einem Ohr zum anderen und sagt: »Yo, Digger. Make my day, Dude. Das wird fett, Alter.«

»Aber so was von«, stimme ich begeistert zu.

»Wir werden berühmt.«

»Doppelberühmt.«

Unser Rektor heißt Manfred Gerolnick, aber wir nennen ihn Toaster-Manni. Auf seinem Schreibtisch

steht ein Toaster, in dem er sich sein Frühstücksbrot röstet. Er tanzt in unbeobachteten Momenten im Büro zu Musik von U2 und sitzt an heißen Sommertagen in Boxershorts am Schreibtisch. Trotzdem mögen wir ihn. Er ist in Ordnung.

Toaster-Manni kommt morgens immer als Erster. Er ist *Farmerama*-Freak und versorgt vor Schulbeginn mindestens eine Stunde lang seine ganzen Felder und Ländereien im Internet.

Ich zücke mein Handy und wähle die Nummer der Schule. Erst nach dem zehnten Klingeln geht Toaster-Manni dran. Ich melde mich mit verstellter Stimme und künstlichem Akzent, ungefähr so, wie Musti immer spricht: »Hörssu, Direktor? Binisch tote Geist von Osama bin Laden. Binisch brutalst mögliche Geister-Terrorist von ganze Welt. Binisch heute Nacht in deine Schule gewesen und habisch alles mit schwarze Magie böse Zauber verflucht gemacht. Gibssu heute alle Schüler frei, weil sonst Geister machen böse Dinge mit Schüler. Hassu verstanden, Direktor?!«

Ich höre ein Räuspern am anderen Ende der Leitung und Toaster-Manni sagt: »Das ist ja furchtbar, Herr Geist.

Allerdings müssen Sie mir eine Sache erklären. Warum haben Sie sich ausgerechnet eine Schule ausgesucht?«

Musti und ich wechseln einen überraschten Blick. Toaster-Manni ist echt nicht blöd. Verdammt. Ich kratze mich am Kopf und denke angestrengt nach. Dann sage ich: »Hassu recht, Rektor. Binisch Erklärung schuldig. Kommt so, dass ich habe gekriegt Brief von deine Schüler. Haben misch gebeten, zu machen verflucht deine Schule, schwöre isch bei Allah.«

»Bei wem?«

»Allah! Weissu, ist Bruder von Gott oder so. Iss Onkel von Jesus. Kannssu glauben besser.«

»Ja, klar, Felix. Aber soll ich dir mal was sagen? Ich finde die Sache wirklich nicht witzig«, antwortet Toaster-Manni.

Mist und Doppelmist! Hat Toaster-Manni gerade Felix gesagt? Woher weiß er, dass ich das bin? Schwitz und Doppelschwitz.

»Was redssu da, Direktor?! Binisch nisch Felix. Kenne isch nisch, diese Felix, hörssu?! Wer soll sein, diese Felix? Binisch toter Geist von Osama. Habisch Schule verflucht. Kannssu sehen, wenn du gehst gucken, verstehssu?!«

»Ach, weißt du, Felix. Wenn man anonyme Anrufe macht, sollte man vorher seine Handynummer unterdrücken. Erst recht, wenn die in

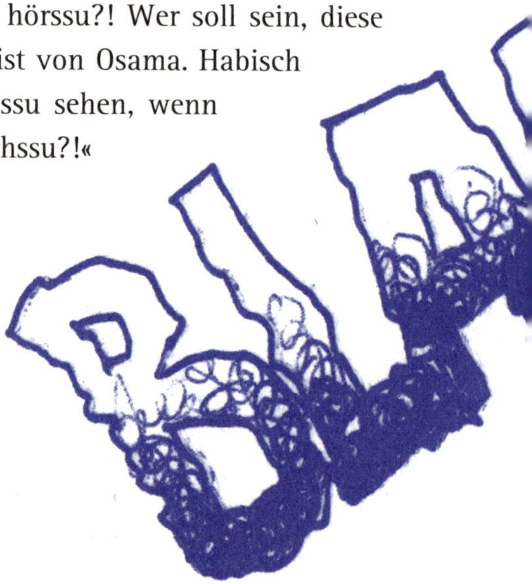

meinem Telefon eingespeichert ist und ich auf dem Display klar und deutlich deinen Namen lesen kann. Im Übrigen möchte ich, dass du nun pünktlich zum Unterricht gehst. Dieser Streich wird ein Nachspiel haben, Felix. Du hörst von mir.«

Toaster-Manni legt auf. Ich beiße mir auf die Unterlippe und starre Musti an. »Shit und Doppelshit. Wir haben's verkackt«, sage ich.

»Yo, Mann. Aber auf ganzer Linie, Alter«, sagt Musti.

10.

In ziemlich mieser Stimmung gehen Musti und ich zur ersten Stunde. Unser toller Plan ist total nach hinten losgegangen. Anstatt den ganzen Tag freizubekommen, müssen wir normal zum Unterricht. Da hätten wir uns unsere nächtliche Aktion auch sparen können!

Das heißt, so ganz umsonst war die Sache dann doch nicht. Unser nächtlicher Besuch ist nämlich Thema Nummer eins auf dem Schulhof und in allen Klassen.

Seltsamerweise scheint jedem sofort klar zu sein, dass ich hinter dieser Sache stecke. Ich habe wohl doch einen ziemlich eindeutigen Ruf, der mir immer vorauseilt. Aber so ernte ich wenigstens auf dem Schulhof ein paar anerkennende Blicke, Schulterklopfer und verschwörerische Grinser.

Und darum ging es ja. Unter anderem.

Musti wird übrigens von niemandem beachtet. Obwohl er ja eigentlich nicht zu übersehen ist. Aber er scheint ein Talent zu haben, immer wieder unsichtbar zu werden. Ist eigentlich ein ziemliches Glück für ihn. Dadurch bekommt er zwar keine Anerkennung. Aber auch keinen Ärger.

Allerdings sind nicht alle unsere Mitschüler begeistert. Einige sind sogar ziemlich angenervt. Als Allererstes Robert Maschmann. Zu dem muss ich sowieso noch was sagen. Robert Maschmann nervt, und zwar so gewaltig wie Krätze, Flöhe, Läuse und Fußwarzen zusammen. Warum? Er verbringt den größten Teil seines Lebens damit, an seinem Äußeren herumzupolieren, und dabei macht er vor nichts halt: Cremes, Salben, Kuren, Deos, Rasierwasser, Haargel, Sprays. Ich vermute, dass er mindestens einmal pro Woche mit einem Lkw vor dem Drogeriemarkt vorfährt, um sich mit neuen Mittelchen einzudecken. Robert kommt so zur Schule, wie andere Leute auf ein Galadiner gehen. Topgestylt und wie aus dem Ei gepellt.

Es wird euch daher nicht wundern, wenn ich euch verrate, dass Robert und ich uns nicht besonders leiden können.

Als er mich an diesem Morgen entdeckt, bekommt Robert einen Gesichtsausdruck wie ein Raumfahrer in einem Science-Fiction-Film, der auf einem fremden Planeten auf ein riesiges Insekten-Schleim-Monster trifft. Er sagt: »Wen wolltest du mit dieser Aktion beeindrucken, Felix? Dich selbst oder einen deiner komischen Freunde? Oder etwa irgendwelche Mädels?«, fragt er.

Zum Glück weiß ich, wie ich mit Robert fertig werde. Ich sehe ihn besorgt an und frage: »Sag mal, Robert. Bekommst du etwa einen Pickel auf der Stirn?«

Roberts Augen weiten sich, als hätte ich ihm mitgeteilt, dass sein Elternhaus abge-

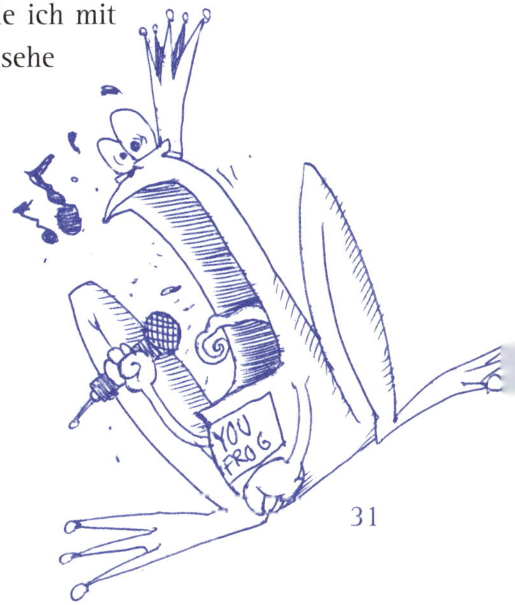

ROBERT
GELLO
CARE
DEO
100

brannt, sein Sparkonto eingefroren, seine Katze an Herzverfettung gestorben sei und sein Lieblingshemd einen Ketchup-Fleck hätte. Ein Pickel ist für Robert ein Grund, Selbstmord zu begehen.

»Du verarschst mich doch, Rohrbach«, sagt er.

»Würde ich bei so einem ernsten Thema wie Pickel niemals tun, Robert«, antworte ich.

»Yo, Mann. Felix hat voll recht, Rob. Hast nicht einfach nur 'nen Pickel auf Stirn, is voll die fetteste Eiter-Riesenwarze. Voll der fette Oschi von Megapickel, ich schwör's«, fügt Musti hinzu, der sich gerade zu uns gesellt hat.

Völlig panisch rennt Robert Maschmann davon, als wäre plötzlich Feueralarm ausgebrochen. Für die nächste halbe Stunde wird er im Klo vor dem Spiegel stehen und seine Gesichtshaut einem Intensiv-Scan unterziehen. Den bin ich also erst mal los.

Meine anderen Probleme allerdings nicht!

11.

Mit zwei Stunden Verspätung beginnt der normale Unterricht. Als Erstes haben wir ausgerechnet Englisch bei Ms Ironfist. Sie heißt eigentlich Frau Schuster, hat ihren Spitznamen aber nicht ohne Grund. Die Frau ist so humorvoll wie ein Marmeladenbrötchen. Das führt dazu, dass man sie am liebsten den ganzen Tag ärgern möchte.

Natürlich wurde Ms Ironfist bereits eingeweiht, wer für das große Chaos verantwortlich ist.

Als ich den Klassenraum betrete, sieht sie mich mit ihrem Killerblick an und sagt: »Ah, da ist ja der kleine Felix bin Laden. Du verrückter Westentaschen-Terrorist. Diesmal bist du eindeutig zu weit gegangen, mein Lieber. Aber das wirst du schon noch selber merken …« Ms Ironfist stößt ein seltsam gackerndes Lachen aus, bei dem sich mir die Nackenhaare aufstellen.

Ihre Worte können eigentlich nur eins bedeuten – sie werden mich von der Schule schmeißen. Hochkant. Mit Düsenantrieb. Und ohne Rückfahrkarte. Schluck und Doppelschluck!

Natürlich haben Musti und ich letzte Nacht auch über diesen möglichen Ausgang der ganzen Aktion gesprochen. Aber da war es uns noch egal. Im Gegenteil sogar, wir fanden die Vorstellung

geradezu verlockend. Schließlich gibt es genug große Vorbilder, die ebenfalls von der Schule geflogen sind und aus denen trotzdem was geworden ist. Shaquille O'Neal zum Beispiel. Hat der Abitur? Kann der überhaupt lesen und schreiben? Oder Jay-Z? Oder Eminem? Mark Wahlberg? Homer Simpson? Hellboy? Lucas Podolski? Menderes Bagci? Krass, wir müssten ja geradezu darum bitten, dass man uns feuert!

Jetzt allerdings, da das Ganze Realität zu werden droht, fühlt es sich nicht mehr ganz so lässig an. Im Gegenteil. Wenn ich ehrlich bin, geht mir gerade der Arsch ziemlich auf Grundeis...

12.

Langsam kehrt in die Klasse etwas Ruhe ein und Ms Ironfist fängt mit dem Unterricht an. Ich will gerade schon den Kopf aufs Pult legen, um einzuschlafen – wie immer im Englischunterricht –, als plötzlich ein Klopfen zu hören ist und die Tür zum Klassenzimmer geöffnet wird. Das kann nur Toaster-Manni sein, der hereinkommt, um mich zum Verhör in sein Zimmer zu schleppen.

Aber es ist nicht unser Rektor, der in der Tür steht. Es ist auch nicht die Polizei, die CIA oder ein Sonderkommando der Navy Seals, das hereinstürmt, um mich zu verhaften.

Es ist: ein Engel.

Es ist das schönste, umwerfendste, atemberaubendste Mädchen, das ich je gesehen habe. Staun und Doppelstaun. Sie kommt in den Klassenraum geschwebt und sagt mit einer hauchzarten Stimme: »Guten Morgen, Frau Schuster. Guten Morgen, Klasse. Ich bin Charleen. Ich bin eure neue Mitschülerin.«

»Guten Tag, Charleen. Schön, dich bei uns zu haben.

Komm rein und such dir einen Platz. Wir beginnen gleich mit dem Unterricht«, sagt Ms Ironfist.

Charleen sieht sich suchend im Klassenzimmer um. Alle Jungs starren sie aus großen Augen an und lächeln dabei wie ein Haufen Schwachsinniger. Einigen tropft sogar die Spucke aus dem Mund.

Dann fällt Charleens suchender Blick auf... auf... auf... den einzigen leeren Platz im Raum. Und der ist ganz zufällig: NEBEN MIR.

Jauchz und Doppeljauchz!

Charleen nickt zufrieden und setzt sich in Bewegung. Gar kein Zweifel, sie will sich wirklich neben mich setzen. Das darf einfach nicht wahr sein. Ich muss träumen!

Oh Gott, bitte, lass diesen Traum wahr werden! Lass sie sich neben mich setzen!

Charleen schreitet an den Reihen der Pulte vorbei wie ein Supermodel auf dem Catwalk. Reihenweise fallen die Jungs in Ohnmacht. Oliver Karske, in der dritten Reihe, verdreht so sehr den Hals nach ihr, dass er vom Stuhl fällt. Ahmed Kasan bekommt Schaum vor dem Mund und fängt an zu zucken wie ein Epileptiker.

Sogar Robert Maschmann (der schon mit mehr Mäd-

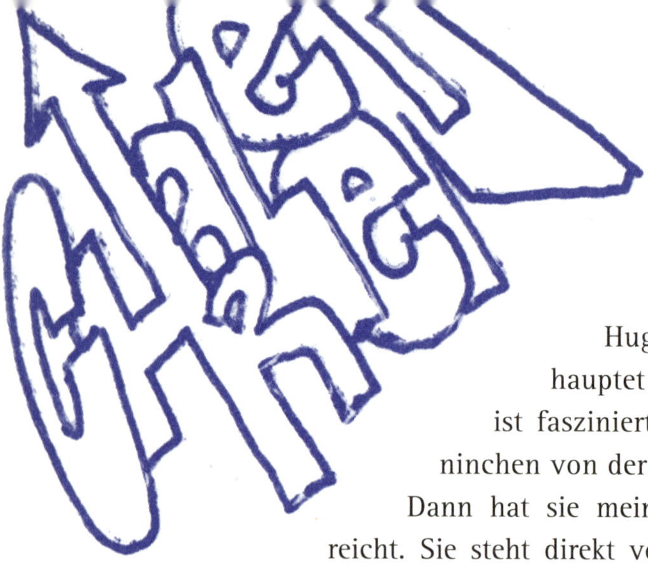

chen im Bett war als Hugh Hefner, behauptet er jedenfalls) ist fasziniert wie ein Kaninchen von der Schlange …

Dann hat sie meinen Tisch erreicht. Sie steht direkt vor mir. Unsere Blicke treffen sich. Ich sehe ihren Mund wie in einer Super-Makroaufnahme. Ihre Lippen öffnen sich und sie fährt sich mit ihrer schinkenfarbenen, zarten Zunge über die Lippen. Mit einer sahneweichen Stimme fragt sie: »Wie heißt du?«

»F…«

»Wie bitte?«

»Ffffff….«

Ich kann nicht mehr reden. Es ist zum Wahnsinnigwerden. Das schönste Mädchen der Welt steht vor mir und fragt mich nach meinem Namen. Und ich röchele herum, als hätte ich einen fetten Knebel im Mund.

»Ich habe dich immer noch nicht verstanden«, sagt Charleen lächelnd.

»F… Fe… Felix!«, bringe ich endlich heraus.

»Schön, dich kennenzulernen, Felix. Ist der Platz neben dir noch frei?«

Ich gebe ein Geräusch von mir, das man mit viel gutem Willen als *Ja* durchgehen lassen kann. (Habe ich schon erwähnt, dass ich gegenüber Mädchen leider total schüchtern bin? Ausgerechnet ich, der sonst immer einen frechen Spruch auf Lager hat, bin wie ausgewechselt, sobald ein hübsches Girl vor mir steht. Dann fange ich an, zu schwitzen und zu stottern. Mein IQ sinkt in den einstelligen Bereich. Es ist ein wahrer Fluch, gegen den es einfach kein Mittel zu geben scheint!)

Charleen lässt sich auf den Stuhl neben mir fallen, zieht die Nase kraus und fragt: »Ist alles in Ordnung mit dir, Felix?! Du siehst irgendwie komisch aus. Und du ... transpirierst.«

Tatsache! An meinem T-Shirt bilden sich riesige dunkle Schweißflecken, und zwar mit einer Geschwindigkeit, als würde ein Tsunami unter meinen Achseln toben! Oh Gott, was soll ich nur tun?!

Wieder kann ich nur mit Mühe antworten. Meine Stimme klingt wie die eines Androiden, dessen Kommunikations-Relais einen Wackelkontakt hat: »Jaja. Schon, schon. Doch, doch. Irgendwie. Alles in Ordnung, Charleen. Willst du mich heiraten?«

»Wie bitte?«

»Ni… ni… nichts.« Oh, Gott, habe ich das mit dem Heiraten etwa wirklich laut gesagt?!

Gerade will ich ansetzen, um dieses voll peinliche Fettnäpfchen wieder aus dem Weg zu räumen und etwas Nettes zu Charleen zu sagen, als mit einem lauten *Rummmms* die Tür zum Klassenzimmer aufgerissen wird. Frau von Tannenbrück, unsere Schulsekretärin, stampft mit schweren Schritten herein, die das ganze Gebäude erschüttern. Breitbeinig baut sie sich vor der Klasse auf und lässt ihren Blick kreisen wie den Suchscheinwerfer eines Polizeifahrzeugs. Als sie mich entdeckt hat, geht es los. Frau von T. schreit mit der Lautstärke eines Sergeants der US-Armee: »Rohrbach! Aufstehen! Jacke anziehen! Mitkommen! Sofort!«

»Aber ich …«, stammle ich leise.

»Klappe halten! Dr. Gerolnick will dich sehen! Also ZACKZACK!«

Ich werfe Charleen einen hilflosen Blick zu. Aber die ist immer noch damit beschäftigt, verwundert den Kopf über mich zu schütteln. Wird sie noch auf diesem Platz sitzen, wenn ich zurück in die

Klasse komme? Komme ich überhaupt jemals zurück in diese Klasse? Und wenn ja, wird sie dann nicht längst von den anderen erfahren haben, dass ich der größte Chaot der ganzen Schule bin? Ein Typ, mit dem ein Supermädchen wie sie sowieso nie ein Wort wechseln würde?!

13.

Als ich kurz darauf das Rektorenzimmer betrete, sieht Toaster-Manni mir stumm entgegen. Dann weist er mit der Hand auf den Stuhl vor seinem Schreibtisch. Zögernd setze ich mich. Er sagt weiterhin nichts – bis auf ein leises, seltsames Mantra: »Flixflixflix.«

Pause. Stille. Atmen.

Dann wieder: »Flixflixflix.«

Erst nach der dritten Wiederholung kapiere ich, dass er meinen Namen murmelt: »Felixfelixfelix ...«

Was soll ich darauf antworten? Vielleicht *Mannimannimanni?!* Oder *Toastertoastertoaster?!*

Irgendwann hebe ich den Blick und wage es, Toaster-Manni ins Gesicht zu sehen. Zu meiner Überraschung entdecke ich darin keinen Ärger, sondern ein verhaltenes Lächeln. Ich bekomme einen Kloß im Hals und sage leise: »War keine gute Idee, die Aktion, oder, Herr Gerolnick?«

»Nein, war es nicht.«

»Es tut mir leid.«

Er schüttelt den Kopf. »Flixlfixflix.«

Ich will etwas sagen, aber Toaster-Manni hebt die Hand. »Ich befürchte, diesmal bist du zu weit gegangen, Felix. Diesmal kommst du nicht ungeschoren davon.«

Ich nicke niedergeschlagen. Das kann eigentlich nur eins bedeuten. Ich werde von der Schule fliegen. Ein One-Way-Ticket ins Nirwana, ohne Wendemöglichkeit.

»Ob dir jemand bei der Sache geholfen hat, muss ich dich wohl gar nicht erst fragen, oder?!«, erkundigt er sich.

»Nein«, sage ich.

»Das ist zwar anständig von dir, macht es aber leider nicht besser.«

Es folgen weitere Schweigesekunden. Dann räuspert sich Toaster-Manni und sagt: »Was du gemacht hast, war kein schlechter Scherz, sondern eine Straftat. Und jetzt sag mir bitte nicht, dass du stolz darauf bist.«

»Na ja, also wenn Sie mich so fragen...«

»Felix! Bitte!«

Seine Stimme ist jetzt todernst. Verdammt, warum kann ich bloß immer in den entscheidenden Moment meine Klappe nicht halten? Vielleicht sollte ich mir einfach die Ober- und die Unterlippe komplett mit magnetischen Piercings verzieren lassen – so stark, dass ich meine Lippen gar nicht auseinanderkriegen könnte, selbst wenn ich wollte.

Andererseits würde das auch bedeuten, dass ich dann nicht mehr mit IHR reden könnte. Mit Charleen. Überhaupt Charleen. An die habe ich in den letzten Minuten überhaupt nicht mehr gedacht... Tatsache ist aber, dass sie bei allem, was hier gerade passiert, eine ziemlich wichtige Rolle spielt.

Auf einmal wäre es nämlich noch aus ganz anderen Gründen eine echte Katastrophe, von der Schule zu fliegen. Dann könnte ich nicht mehr neben ihr sitzen (okay, vermutlich wird sie sich sowieso längst weggesetzt haben). Aber ich könnte auch nicht im selben Klassenzimmer, im selben Schulgebäude oder auf dem selben Schulhof wie sie sein! Ich würde sie möglicherweise nie mehr wiedersehen, und das würde mich umbringen! Sie ist es nämlich. Sie ist das Mädchen, auf das ich mein ganzes Leben lang gewartet habe. Wir sind füreinander bestimmt. Das ist so sicher wie die Tatsache, dass die Erde keine Scheibe, sondern ein Ei ist. Oder war es umgekehrt?!

Love und Doppellove!

Ich setze einen Blick auf wie ein Dackel, der in eine Metzgerei kommt und sich als ganz normaler Kunde tarnt: voller Unschuld, treudoof und total ergeben. »Werden Sie mich von der Schule werfen, Herr Professor Dr. Dr. Dr. von und zu Gerolnick? Kann ich nichts mehr tun, um diesem Schicksal, das mich zweifellos in ein Leben voll Armut und Arbeitslosigkeit treiben wird, zu entkommen?!«

Toaster-Manni lächelt leicht gequält. »Spar dir deine Witzchen, Felix. Dafür ist die Situation wirklich zu ernst. Aber du wirst dich wundern – ich werde dich nämlich tatsächlich nicht von der Schule werfen. Jedenfalls NOCH nicht. Du bekommst von mir so etwas wie eine letzte Chance, einen Joker. Ich möchte dich morgen früh, pünktlich um acht, hier in meinem Büro wiedersehen. Also in etwa 24 Stunden. Geh jetzt nach Hause und nutze die Zeit. Denk drüber nach, was du von der Zukunft erwartest. Aber vergiss nicht, dass du nicht oft im Leben so eine zweite Chance bekommen wirst. Wirf sie also nicht einfach weg.«

»Danke, Toaster-Manni. Das ist schwer in Ordnung von Ihnen«, sage ich. Dann stehe ich auf, gehe zur Tür und verlasse den Raum.

14.

Die nächtliche Aktion hat mir also immerhin einen schulfreien Tag verschafft. Fühlt sich zwar nicht so toll an, wie ich es mir mit Musti ausgemalt hatte, aber immerhin.

Zuerst streife ich eine Weile durch die Straßen und versuche, das zu tun, was Toaster-Manni von mir verlangt hat. Ich denke darüber nach, was ich eigentlich will. Schließlich muss ich morgen einen guten Spruch auf Lager haben, um ihn zu versöhnen.

Grübel und Doppelgrübel.

Ich stelle ziemlich schnell fest, dass es gar nicht so einfach ist, über sein Leben nachzudenken. Ich bin nun mal ein Anhänger der Chaos-Theorie, und die besagt, dass sich Dinge nie vorhersagen lassen, weil sie einfach zu komplex sind. Der Flügelschlag eines Schmetterlings kann einen tropischen Wirbelsturm auslösen und damit den Lauf der Welt verändern. Wie soll ich mir da sinnvoll Gedanken über meine Zukunft machen? Vielleicht werde ich in drei Sekunden von den he-

rabstürzenden Trümmern eines ausgedienten Satelliten erschlagen. Oder aber irgendjemand hält mich auf der Straße an und fährt mich mit seiner Stretch-Limousine in eine noble Anwaltskanzlei. Dort wird mir eröffnet, dass ich der verschollene Sohn und Alleinerbe von Bill Gates bin. All das ist möglich. Und darum wäre es verrückt, wenn ich mich jetzt schon auf etwas ganz anderes festlege und damit dem Schicksal die Chance nehme, seine eigenen Pläne zu verwirklichen!

Die Grübelei macht mich fertig. Ich muss meine grauen Zellen mit Koffein dopen, darum steuere ich einen Starbucks-Laden an. Ich schmeiße mich in einen bequemen Polstersessel, schlürfe einen Iced Flavored Latte und schaue aus dem Fenster hinaus auf die Straße.

Ich muss unbedingt mit jemandem über die ganze Sache quatschen. Aber die anderen hocken alle noch in der Schule. Nichts zu machen. Ich bin allein. Und das nervt.

Dann muss ich an heute Morgen denken. Ich habe mich gegenüber Charleen wie der letzte Vollidiot verhalten! *Willst du mich heiraten?* Hilfe, wie peinlich war das denn?! Schäm und Doppelschäm.

Dabei war das nicht einmal das Schlimmste. Noch katastrophaler war der letzte Augenblick, als ich hinter Frau von T. den Klassenraum verließ und aus dem Augenwinkel mit ansehen musste, was Robert Maschmann, diese gelackte Schaufensterpuppe, für eine Show abgezogen hat. Er hat seinen Sitznachbarn, den kleinen Mario Kapielski, mit einem Fußtritt von seinem Stuhl katapultiert, Charleen angelächelt und gesäuselt: »Neben mir ist auch noch ein Platz frei, Charleen. Setz dich doch neben mich.« Dann sah er zu mir und formte mit dem Mund lautlose Worte: »Sie gehört mir, Rohrbach. Ich werde schneller mit ihr zusammen sein, als du deinen Namen sagen kannst. Weil ich ein Winner bin und du ein Loser.«

Mir wird im Nachhinein noch schlecht, wenn ich daran denke. Vielleicht sollte ich lieber ein paar Sachen packen, einfach abhauen und den Rest meines Lebens als Tramp verbringen. Ich würde durch die Rocky Mountains wandern, in Australien Kängurus zählen und in Japan an den Pachinko-Weltmeisterschaften teilnehmen. Und vielleicht lerne ich irgendwann wieder ein Mädchen kennen, das mich so fasziniert wie Charleen. Vielleicht … Seufz und Doppelseufz und Dreifachseufz!

Buddha hat gesagt: »Alles Leben ist Leiden.« Wie soll man sich da auf die Zukunft freuen.

15.

Als ich am Nachmittag nach Hause komme, sind Mom und Dad noch nicht da. Normalerweise würde ich das jetzt nutzen, um erst mal sämtliche Vorräte an Nutella, Froot Loops und Scheibletten-Käse zu vernichten. Dann würde ich ins Internet gehen und Online-Pokern, dabei gleichzeitig Fernsehen gucken, Musik hören, Chips essen und mit ein paar Freunden telefonieren. Multimedia halt.

Aber heute kann mich nichts davon wirklich begeistern. Grunz und Doppelgrunz.

Schließlich gehe ich hoch zu Opa Hans-Jürgen. Der sitzt – na, wo wohl? – auf seinem Sofa und guckt Fernsehen.

Als ich mich neben ihn setze, wirft Opa mir nur einen missmutigen Blick zu und murmelt etwas Unverständliches. Das heißt, es ist natürlich nur für Leute unverständlich, die meinen Opa nicht kennen. Ich dagegen bin durch jahrelange Übung in der Lage, die Laute, die er von sich gibt, ins Deutsche zu übersetzen.

»Wawiuhi?«, fragt er mich (Was willst du hier?).

»Nix. Wollte dich besuchen. Wir können doch zusammen fernsehen«, erkläre ich.

»Munischu?« (Musst du nicht in die Schule?)

»Nein.«

»Oeiaermachnlä.« (In Ordnung, aber mach keinen Lärm.)

Diejenigen von euch, die denken, dass mein Opa eine Art Geheimsprache spricht, die er zum Beispiel während des Weltkriegs oder so gelernt hat, täuschen sich. Er hat einfach nur sein Gebiss rausgenommen. Es liegt vor uns auf dem Tisch in einem Wasserglas. Ich stelle mir vor, was wohl passiert, wenn ich ein paar Brotkrümel oder Fischfutter in das Glas streuen würde? Ob die Zähne dann anfangen würden zu kauen? Und ob Opa davon satt werden würde?

16.

Der einzige vernünftige Mensch, mit dem ich jetzt reden kann, ist meine Schwester. Also gehe ich runter und klopfe an Jack Russells Zimmertür (was ich normalerweise nie tue – wer klopft schon bei seiner jüngeren Schwester an, bevor er ihr Zimmer betritt?!).

»Egal, was du willst, Felix. Meine Antwort lautet Nein«, schreit sie durch die geschlossene Tür.

»Ich will mit dir reden«, sage ich und öffne die Tür.

»Nein.«

»Es ist wichtig.«

»Nein.«

»Es ist wirklich SEHR WICHTIG.«

Sie stutzt, sieht mich das erste Mal wirklich an und fragt: »Das ist doch irgendein Trick, oder?!«

»Nein«.

Obwohl Jenni und ich normalerweise ein Verhältnis zueinander haben wie Count Dooku und Meister Yoda in *Star Wars,* sind wir in wirklich ernsten Situationen trotzdem immer füreinander da. Jetzt hat sie endlich kapiert, dass es sich gerade um genau so eine Situation handelt.

Ich lasse mich auf ihr Bett plumpsen und sage: »Ich hab Mist gebaut, Schwesterherz. Ich brauche deinen Rat.«

»Geh erst mal von mir runter, Idiot.«

Ups! Ich habe mich genau auf sie draufgeschmissen. War ein Reflex. Sonst mache ich das auch immer. Ich rücke ein Stück zur Seite und sage: »Tut mir leid.«

»Wow! Du entschuldigst dich. Dann muss es wirklich ernst sein.«

»Ist es. Hör zu…«

Ich erzähle ihr die ganze Story von Anfang an. Sie hört mir zu, kann sich aber das Grinsen zwischendurch nicht verkneifen. »Dafür werden Mom und Dad dich schlachten, Felix.«

»Ich weiß. Hilfst du mir?!«

»Was bekomme ich denn dafür?«

»Willst du mich erpressen?!«

»Klar. Habe ich von dir gelernt.«

»Okay, ich übernehme in den nächsten vier Wochen Staubsaugen und Spülmaschineausräumen.«

»In den nächsten sechs Wochen!«

»Du bist brutal.«

»Dann lass es. Deine Entscheidung.«

»Okay, sechs Wochen. Deal?«

»Deal«, sagt sie und schlägt ein. Ich fühle mich erleichtert. Gegen meine Eltern ist sie schon immer eine gute Verbündete gewesen.

17.

Am frühen Abend kommen Mom und Dad nach Hause. Sie ziehen unten an der Garderobe ihre Jacken aus und dann macht Dad seine übliche pseudowitzige Abenddurchsage: »Hallo, Kinder. Wir sind's, eure Lieblings-Eltern. Wir sind wieder da! Kommt her und begrüüüüüßt uns!«

Früher, als Jenni und ich klein waren, sind wir jedes Mal juchzend nach unten gerannt und wie kleine Schimpansen um Mom und Dad herumgehüpft.

Jetzt findet das keiner mehr wirklich witzig. Und unsere Eltern sind die albernen Schimpansen.

Darum rufe ich nach unten: »Schön, dass ihr den Weg

gefunden habt. Ein paar Jahre noch und ihr werdet dank Alzheimer die Adresse vergessen haben.«

Ich habe schlechte Laune. Verständlich, oder? Groll und Doppelgroll!

Beim Abendbrot gebe ich mir die größte Mühe, ganz normal zu wirken. Aber das stellt sich natürlich schnell als Fehler raus – ich wirke schließlich nie normal. Mom und Dad ahnen also sofort, dass irgendetwas im Busch ist.

Entsprechend fällt das Tischgespräch aus:

Dad: »Wieso guckst du so komisch, Felix? Ist was passiert?«

Ich: »Nein, wie kommst du darauf?«

Mom: »Ich finde auch, dass du dich komisch verhältst, Felix. Vielleicht wirst du krank?!«

Ich: »Ja, ich glaube, ich kriege Dengue-Fieber. Oder Ebola. Oder Choleratyphusvogelgrippenhusten. Ihr solltet Abstand von mir halten.«

Dad: »Jetzt sag schon, was du angestellt hast. Wir kriegen es früher oder später sowieso raus.«

Ich: »Okay, okay. Aber könnten wir eine Art Kronzeugen-Regelung vereinbaren? Ich beichte alles und ihr versprecht mir, mich nicht zu bestrafen?«

Mom: »So weit kommt's noch.«

Ich: »Okay, ist ja gut. Also, es ist folgendermaßen ...«

Nach meiner Beichte sind Mom und Dad fassungslos. »Ich komme aufs Internat, stimmt's?!«, frage ich. Das haben sie mir nämlich schon früher angedroht.

»Nein ...«

»Ihr gebt mich zur Adoption frei.«

Dad lacht. »So ein Quatsch. Natürlich nicht.«

»Okay, dann bekomme ich zehn Jahre Hausarrest und muss außerdem jeden Tag stundenlang für die Schule lernen, im Haushalt helfen, mein Zimmer aufräumen, den Hund dressieren, Jack Russell nicht mehr ärgern und ...«

»Halt endlich die Klappe, Felix«, fährt meine Mutter mich an. Dann seufzt sie und fährt fort. »Alles, was du erwartest, ist falsch. Ich denke, dass wir dich gar nicht bestrafen werden. Es ist nicht nötig.«

»Was?! Ihr ... wollt ... nichts ... unternehmen«, stammle ich ungläubig.

Mein Dad lächelt matt und sagt: »Wir haben den Eindruck, dass du schon von alleine verstanden hast, dass du einen Fehler gemacht hast.«

Und Mom schiebt hinterher: »Wir wünschen uns nur, dass du die richtigen Lehren daraus ziehst.«

Träume ich vielleicht? Kann man so viel Glück haben? Oder ist das Ganze doch nur ein mieser Trick? Ungläubig sehe ich meine Eltern an. Es ist das reinste Wunder. Keine Verbannung, kein Hausarrest, keine Strafarbeiten.

Dann sagt mein Dad: »Allerdings erwarten wir von dir, dass du morgen bei Herrn Gerolnick die richtigen Worte findest. Es ist sehr anständig von ihm, dass er dir diese zweite Chance geben will. Also, versprochen?«

»Hoch und heilig«, sage ich.

18.

Nach dem Abendessen gehe ich noch einmal nach draußen. Ich schlüpfe durch das Loch im Bauzaun und krieche durchs Unterholz zu der geheimen Stelle auf dem Baugrundstück, an der ich mich immer mit Musti treffe. Hier ist störungsfreie Zone, und vor Eltern, Lehrern und anderen Parasiten hat man sein Ruhe.

Lea und Musti hocken auf zwei verrosteten Farbeimern und warten auf mich.

Lea geht auch auf unsere Schule. Sie ist oft ziemlich seltsam und ein echter Freak, was mich und Musti allerdings nicht stört, da man uns ja auch für ziemliche Freaks hält. Ihr Style ist vielleicht ein wenig gewöhnungsbedürftig. Ich würde ihn Dark-Gothic-Vampire-Zombie-Style nennen. Lea pudert sich so stark, dass ihr Gesicht weiß ist wie bei einer Geisha. Dazu malt sie sich die Augenlider dunkellila an. Das sieht ziemlich emo aus und hat den Nachteil, dass niemand weiß, ob Lea eigentlich hübsch ist oder nicht.

Lea und Musti wollen wissen, wie der Tag für mich war. Also gebe ich ihnen eine kurze Zusammenfassung

der wichtigsten Ereignisse – das Gespräch mit Toaster-Manni, das Gespräch mit meiner Schwester, das Gespräch mit meinen Eltern.

Musti zieht in der Zwischenzeit eine Tüte Weingummi aus der Hosentasche und stopft sich die Backen voll. Schließlich sagt er: »Mann, Digger. War schwer korrekt von dir, dass du mich nicht verpfiffen hast. I owe you.«

»Vergiss es. War doch selbstverständlich.«

Lea fragt: »Und? Hast du dich schon entschieden, was du machen wirst? Immerhin musst du Toaster-Manni morgen eine Ansage machen.«

»Klar, ich werde alles dafür tun, um auf der Schule bleiben zu können.«

Sie sieht mich überrascht an. »Wow! Das nenne ich einen Meinungsumschwung. Ist ja krasser als beim Klimawandel.«

»Wieso?«

»Weil du noch vor ein paar Tagen gesagt hast, dir wär's egal, wenn du fliegst. Du würdest dich sogar darüber freuen.«

»Ja, na ja, stimmt schon … also, ich dachte halt, dass ich … irgendwie … ihr wisst schon … so übel ist Schule gar nicht. Wenn man mal drüber nachdenkt …« Ich stottere herum wie ein Automotor, dem das Benzin ausgegangen ist. Lea fixiert mich aus ihren mit dunklem Kajal umrandeten Augen und ich habe das Gefühl, ihre Blicke stochern wie kleine Hände in meinen Gehirnwindungen herum …

Auf einmal erscheint ein seltsames Lächeln auf ihrem Gesicht und sie sagt: »Es ist wegen ihr, oder?!«

»Wegen wem?!«, frage ich zurück. Flöt und Doppelflöt. Unschuldsmiene hoch zwei.

»Wegen Charleen«, sagt sie.

»Was?! Nein, Blödsinn.«

»Komm schon, Felix. Du verarschst mich nicht.«

Lea hat recht. Leugnen ist zwecklos. Sie weiß es sowieso.

Musti, der seine Weingummis inzwischen aufgegessen hat und mit einer Packung Erdnussflips weitermacht, blickt uns verständnislos an. »Abu! Was, Diggers?! Ich check's nicht. Könnt ihr mich mal aufklären, was abgeht?«

Lea löst ein paar Haarnadeln und lässt dadurch einen blickdichten Vorhang vor ihrem Gesicht herunter. Das macht sie immer, wenn sie nicht will, dass man sie ansieht. Dann sagt sie leise: »Felix ist verknallt. In die Neue. Aber immerhin will er deswegen weiter zur Schule gehen. Ist also gar nicht so verkehrt.«

»Echt?«, fragt Musti. »Deswegen willst du bleiben? Wegen der neuen Bitch?«

Ich schnalze genervt mit der Zunge. »Ja, echt«, sage ich. »Und Charleen ist keine Bitch.«

Musti zuckt nur mit den Schultern. »Ist ja krass, Digger. Muss ich dir aber leider sagen, dass du hast sowieso kei-

ne Chance bei der. Klar, oder?!«

»Danke, du Arsch. Und wieso?«, schnauze ich ihn an.

Musti zuckt mit den Schultern. »Ist halt eine Luxus-Chica, Alter. Sieht man sofort. Und du … du bist ’n Loser. Ich mein es als Kompliment, schwöre ich.«

»Ja, das macht es besser.«

Musti! Wie soll man mit einem Typen über Mädels reden, der, wenn er die Wahl zwischen Sex und einem Schokoriegel hätte, sich für den Schokoriegel entscheiden würde?!

Auch wenn ich zugeben muss, dass Musti vielleicht recht haben könnte. Ein Bilderbuch-Mädchen wie Charleen und ein Chaoten-Superhero wie ich – das kann nicht funktionieren. Da ist es schon wahrscheinlicher, dass eine Boa Constrictor und eine Urwaldbeutelratte ein Liebespaar werden.

19.

Hier ein kleiner Überblick zum Thema: Ich, Felix Rohrbach, und die Mädchen.

Meine erste Freundin hatte ich schon in der Grundschule. Sie hieß Maya und wohnte am Ende der Straße. Jeden Morgen hat sie auf mich gewartet, sodass wir zusammen zur Schule gehen konnten. Wir hielten uns auf dem Weg immer an der Hand, aber bevor wir das Schulgebäude erreichten, schüttelte ich sie ab. Es war mir peinlich.

»Magst du es nicht, wenn wir uns an der Hand halten?«, fragte sie mich.

»Doch schon. Aber es muss ja nicht jeder sehen, oder?«

»Du findet es also peinlich?!«

»Nein. Überhaupt nicht«, sagte ich. War natürlich gelogen.

Maya durchschaute mich und suchte sich einen anderen Jungen, mit dem sie händchenhaltend zur Schule gehen konnte. Als ich die beiden zusammen sah, wurde ich ziemlich eifersüchtig. Aber es war zu spät. Maya wollte nichts mehr von mir wissen. Damals war ich acht Jahre alt, und das war das erste Mal, dass ich es mir mit einem Mädchen versaut habe.

In der siebten Klasse war ich dann mit Anna-Lena zusammen. Wir konnten uns drei Stunden am Stück zun-

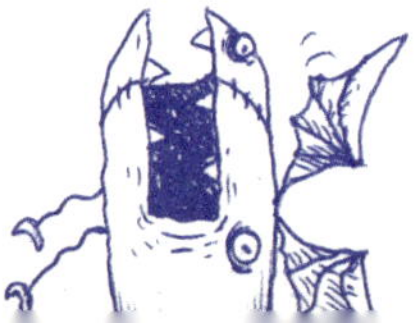

genküssen, ohne dass es langweilig wurde. Ich hätte mit ihr gerne noch ein paar andere Dinge ausprobiert, aber ich hatte das Gefühl, dass sie noch nicht so weit war. Also hielt ich mich zurück. Eines Tages machte sie dann Schluss mit mir und meinte: »Ich erwarte von meinem Freund Dinge, für die du offenbar noch nicht reif genug bist, Felix.«

Ich sah sie entsetzt an. »Aber das ist ein Missverständnis, Lena. Ich dachte doch die ganze Zeit, dass du ...«

Aber es war schon wieder zu spät. Sie hatte sich in einen Jungen aus der Oberstufe verliebt und mit dem konnte ich wirklich nicht mithalten. Erstens machte er die Dinge mit Lena, die ich auch gerne mit ihr gemacht hätte. Und außerdem hatte er ein Auto.

Letztes Jahr war ich dann mit Carina zusammen. Ich wollte denselben Fehler, den ich bei Anna-Lena gemacht hatte, nicht wiederholen und war mutiger. Das führte dazu, dass Carina die ganze Zeit damit beschäftigt war, meine Hände aus ihrem Shirt herauszuziehen. Sie meinte: »Ich mag dich echt gerne, Felix. Aber ich bin noch nicht so weit.«

»Das ist okay. Kein Problem. Wir lassen uns Zeit.«

Zehn Minuten später fing ich wieder an, sie anzufassen, aber das war offenbar nicht genug Zeit gewesen.

Irgendwann war es dann auch mit Carina vorbei.

Danach kamen zwar noch ein paar Mädchen, aber aus irgendeinem Grund schien ich es immer falsch zu machen.

Die meisten von ihnen meinten, dass ich ihnen zu chaotisch wäre. Zu draufgängerisch. Zu crazy.

Außerdem hätte ich immer Farbe an meinen Händen, wegen meiner Kritzeleien und der nächtlichen Sprayaktionen.

Irgendwie habe ich mich dann erst mal ziemlich lange nicht mehr wirklich in ein Mädchen verliebt. Gleichzeitig entwickelte ich diesen Spleen, dass ich ständig anfange, zu stottern und zu schwitzen, wenn ich versuche, mich mit einer zu unterhalten, die ich mag. Und das macht die ganze Sache nicht gerade einfacher.

Sich in ein Mädchen verlieben, ist wie Lottospielen. Du kannst reich werden – oder frustriert.

20.

Am nächsten Morgen pünktlich um acht stehe ich im Zimmer von Toaster-Manni.

Habe mich für den Rektor extra in Schale geworfen: frisch gewaschene Hose, mein Lieblings-T-Shirt (mit Stinkefinger-Motiv), meine extra gigantischen Sneakers ohne Schnürsenkel. Mein Ich-bin-nett-fleißig-brav-Lächeln.

Er sieht mich erwartungsvoll an und sagt: »Guten Morgen, Felix. Und? Hast du darüber nachgedacht, was du mit deinem Leben anfangen willst?«

»Ja, Sir. Habe ich.«

Toaster-Manni wiehert und sagt: »Hey, wir sind nicht in einem US-Spielfilm. Nenn mich einfach Herr Gerolnick.«

»Ich habe mir gestern den ganzen Tag den Kopf zermartert, Herr Gerolnick, Sir, und bin zu folgendem Ergebnis gekommen: Ab sofort werde ich mich mächtig ins Zeug legen und pauken wie ein Verrückter. Außerdem werde ich keinen Mist mehr bauen und allen Schwierigkeiten aus dem Weg gehen. Darum bitte ich Sie auf Knien darum, mich nicht von der Schule zu werfen.«

Ich sinke vor ihm auf den Boden

und sehe ihn an wie ein armer, halb verhungerter Pestkranker im Mittelalter, der einen reichen Edelmann um eine milde Gabe anbettelt.

Toaster-Manni legt seine Stirn in Falten und sagt nachdenklich: »Ich bin mir nicht sicher, ob ich dir das glauben soll, Felix. Und jetzt steh erst einmal wieder auf.«

»Nein, Herr Gerolnick, ich bleibe auf meinen Knien, bis Sie mir verzeihen und meinen Wunsch erfüllen. Ich möchte auf der Schule bleiben und ein guter Schüler werden. Das ist die Wahrheit und nichts als die Wahrheit, das schwöre ich, so wahr mir Gott helfe.«

»Amen.«

»Ja, wollte ich auch gerade sagen. Amen.«

Toaster-Manni wiehert erneut, dann sagte er: »Ich habe mir unser Gespräch ehrlich gesagt ein wenig anders vorgestellt. Ich glaube dir zwar, dass du wirklich weiter zur Schule gehen möchtest. Nur die Gründe sind mir nicht ganz klar.«

»Mir schon«, sage ich spontan, beiße mir aber im gleichen Augenblick auf die Zunge.

Der Rektor winkt ab. »Also schön. Du kannst erst einmal bleiben. Aber sollte ich in nächster Zeit mitbekommen, dass du wieder auf irgendwelchen krummen Touren unterwegs bist, war's das endgültig. Dann musst du die Schule verlassen. Haben wir uns verstanden, Felix?«

»Klar und deutlich, Sir.«

»Gut. Außerdem erwarte ich, dass du den Schaden, den du angerichtet hast, reparierst.«

»Echt?!«

»Ja, echt«, sagt Toaster-Manni und erklärt mir dann, was er von mir erwartet. Es klingt gar nicht so übel. Eher wie eine Auszeichnung als wie eine Strafe.

21.

Am Vormittag sitze ich im Erdkunde-Unterricht bei Frau Maßmann. Es geht um verschiedene Agrar-Methoden in der Dritten Welt und was sie mit der Ernährungssituation in den tropischen Ländern zu tun haben.

Das heißt, *ich glaube*, dass es darum geht. Weil ich überhaupt nicht zuhöre. Ich wüsste auch nicht, wie das gehen sollte? Schließlich ist *sie* im Raum. 

. Sie ist heute sogar noch schöner als gestern. Sie trägt ein geblümtes Sommerkleid, das ihre perfekt geformten Schultern frei lässt und einen großzügigen Blick in ihren perfekt geformten Ausschnitt zulässt. Ab und zu meldet sie sich und sagt etwas und dann habe ich das Gefühl, dass mein Hirn schmilzt und durch die Nase tropft, weil ihre Stimme so zart und melodiös ist, dass man ganz high davon wird.

Der seltsame Papierhaufen vor ihr auf dem Tisch sind übrigens die ganzen Liebesbriefe, die sie im Laufe der Stunde bekommt. Nicht nur ich und Robert Maschmann sind in Charleen verliebt, sondern auch alle anderen Jungs der Klasse.

Das kann ja heiter werden. Schnauf und Doppelschnauf!

Plötzlich reißt mich Frau Maßmanns Stimme in die Realität zurück. »Felix? Felix! Verdammt noch mal, wach gefälligst auf. Ich habe dich etwas gefragt.«

Ich reibe mir übers Gesicht, um wieder ganz wach zu werden.

»Was haben Sie denn gefragt?«, erkundige ich mich höflich. Bin ja jetzt ein Musterschüler.

»Wiederhole bitte, was ich euch in der zurückliegenden halben Stunde über Trockenreis- und Nassreis-Kulturen erzählt habe.«

»Ach so. Also ja, nun, das ist ja einfach. Also, es verhält sich folgendermaßen. Die Trockenreis-Kulturen sind vor allem durch den Anbau von Trockenreis gekennzeichnet, während die Nassreis-Kulturen in erster Linie Nassreis anbauen. Aber es gibt auch Trockenreis-Kulturen, in denen Nassreis angebaut wird, die man am besten Trocken-Nass-Reis-Kulturen nennen sollte. Umgekehrt gibt es Nassreis-Kulturen, die Trockenreis anbauen, die sogenannten Nass-Trocken-Reis-Kulturen, die man leicht mit den zuvor genannten Trocken-Nass-Reis-Kulturen verwechseln kann. Nassreis erkennt man übrigens daran, dass er nass ist, wobei man ihn natürlich auch trocknen kann, wodurch er praktisch zum Trockenreis wird, also zu Nass-Trockenreis. Wenn dieser aus den Nass-Trockenreis-Kulturen stammt, handelt es sich um Nass-Trockenreis-Nassreis, der aber trocken ist und …«

Frau Maßmann bringt mich mit einer Handbewegung zum Schweigen. »Danke, Felix. Das war wirklich der größte Schwachsinn, den ich jemals aus dem Mund eines Schülers gehört habe. Aber das wundert mich gar nicht. Schließlich habe ich gesehen, dass du die ganze Zeit in dein Heft gekritzelt hast. Jetzt bin ich doch zu neugierig, was du eigentlich gemacht hast.«

Frau Maßmann kommt zu meinem Tisch, wirft einen

Blick in mein Heft und ihr stockt ganz offensichtlich der Atem. Dann läuft sie rot an wie eine Erdbeere mit Sonnenbrand. Hektisch blättert sie meine Heftseiten durch und sagt: »So, so, Felix. Mit so etwas vertreibst du dir also die Zeit im Unterricht. Nun, das wird deine Mitschüler sicherlich auch interessieren ...«

Frau Maßmann will mein Heft in die Höhe halten, damit es alle sehen. Panisch rufe ich: »Tun Sie das bitte nicht, Frau M.«

Es ist zu spät, Frau Maßmann zeigt mein Heft herum, sodass alle sehen können, womit ich mich beschäftigt habe, während sie sich etwas über Nassreis und Trockenreis angehört haben. In diesem Moment sterbe ich.

HOT-DAMN!
CHARLY
CHARLEEN

22.

Der Rest der Stunde vergeht damit, dass ich mir total bescheuert vorkomme. Schäm und Doppelschäm. Am liebsten würde ich ein Loch graben und einfach darin verschwinden.

Das Ganze ist grenzenlos peinlich. Jetzt wissen also alle, dass ich mich in Charleen verliebt habe. Einer wie ich. In eine wie sie. Der Loser und die Göttin. Lach und Doppellach.

Sie werden sich für den Rest des Schuljahres über mich lustig machen.

Obwohl mir selbst das egal wäre. Viel schlimmer ist nur, dass Charleen sich wahrscheinlich auch über mich totlachen wird. Oder?

Vorsichtig wie ein Geheimagent im Undercover-Einsatz werfe ich einen Blick zu ihr hinüber. Aber sie sieht nur nach vorne und tut so, als wenn nichts passiert wäre. Ist das jetzt gut oder schlecht? Hasst sie mich? Oder bin ich ihr einfach nur total egal?

Hilfe und Doppelhilfe! Was mach ich denn jetzt?

Ein weiteres Problem besteht darin, dass Robert Maschmann natürlich meine Schwäche ausnutzt, um mich noch mehr fertig-

zumachen als sonst. Er sitzt genau hinter mir und zischt mir alle drei Minuten bescheuerte Sätze ins Ohr wie »Tja, Felix. Wer keine echte Freundin hat, muss sich eben eine zeichnen.«

Oder: »Ist ja wohl ein ziemlich schlechter Witz, dass ausgerechnet du dich in Charleen verliebst. Das ist ja wie bei *Das Model und der Freak*. Sei froh, dass du nach der Aktion jetzt endgültig bei ihr untendurch bist. Dann hältst du es vielleicht besser aus, wenn ich demnächst mit ihr zusammen bin.«

Ich drehe mich zu ihm um und sehe ihn aus zusammengekniffenen Augen an. »Ach ja? Das werden wir dann ja sehen.«

Er stößt ein Har-Har-Lachen aus wie ein Filmschurke in einem billigen B-Movie. »Klingt wie eine Aufforderung zum Duell, Felix. Das meinst du hoffentlich nicht ernst.«

Ich muss leider zugeben, dass ein Duell um ein Mädchen mit Robert so viel Sinn hätte, wie wenn ich gegen Usain Bolt im Hundert-Meter-Lauf antreten würde. Robert sieht einfach gut aus, vor allem, wenn er sich wie jetzt lässig durch die Haare fährt und dann seine schneeweißen Zähne aufblitzen lässt. Er ist sportlich, charmant und einfach cool. Die Mädchen stehen auf ihn.

Andererseits habe ich ja auch so einiges zu bieten: Ich bin witzig, ich

kann gut zeichnen, mit mir kann man sich gut unterhalten… okay, gut möglich, dass das ein Mädchen wie Charleen nicht wirklich beeindruckt. Weil sie nun mal auf andere Dinge steht – auf Dinge, wie sie eben Robert zu bieten hat.

Dazu kommt, dass ich mich jetzt schon zweimal vor Charleen total lächerlich gemacht habe. Das erste Mal mit dem Heiratsspruch. Und jetzt mit den Zeichnungen.

Aber soll ich deswegen aufgeben, bevor ich überhaupt angefangen habe? Niemals! Darum nicke ich Robert herausfordernd zu und sage: »Sei dir deiner Sache mal nicht zu sicher, Robert. Kann sein, dass du mehr Freundinnen gehabt hast als ich. Und überhaupt bei Mädchen besser ankommst. Aber das hier ist etwas anderes. Charleen bedeutet mir wirklich etwas. Wir werden also sehen, wen von uns beiden sie nimmt!«

»Also doch ein Duell?!«

»Wenn du es so nennen willst – ja.«

Har. Har. »Das wird dir noch leidtun, Felix.«

»Oder dir, Robert.«

23.

Endlich schrillt die Pausenklingel und die Stunde ist vorbei. Die anderen springen sofort auf und verlassen den Klassenraum. Ich bleibe in einer Art Wachkoma an meinem Platz sitzen. Habe ich mich gerade wirklich auf ein Duell mit Robert Maschmann eingelassen? Wie krank ist das denn? Und vor allem wie chancenlos?

Ein Hüsteln schreckt mich auf. Ich blicke hoch. Charleen steht vor mir. Sie lächelt. Ich lächele auch. Eine unverhoffte Chance! Die muss ich nutzen. Ich versuche, ihr tief in die Augen zu sehen, aber sie schüttelt verwundert den Kopf und sagt: »Das war gerade ganz schön peinlich für mich, Felix. Aber dennoch muss ich zugeben, dass du wirklich sehr schön zeichnen kannst. Darf ich die Bilder wenigstens behalten?«

»Natürlich. Klar. Gerne«, sage ich überrascht.

»Danke.«

Sie nimmt sich mein Heft, reißt die entsprechenden Seiten heraus und lässt sie in ihrer Schultasche verschwinden.

Dieser Blick. Diese Haltung. Diese Anmut. Ich bin hin und weg. Darum nehme ich meinen ganzen Mut zusammen und wage sozusagen ein All-in. Entweder ich gewinne die Partie oder ich bin bankrott: »Hättest du vielleicht... Lust... mit mir... etwas trinken zu gehen?!«

Charleen findet zu ihrem Zauberlächeln zurück. Sie will gerade etwas erwidern, als von der Tür her eine Stimme zu hören ist: »Du solltest deine Zeit nicht mit diesem Nerd verschwenden, Charleen. Vor allem nicht, wenn du dich auch mit mir verabreden könntest.«

Robert Maschmann. Er steht da wie ein Modell beim Fotoshooting. Elegant, gut aussehend, sportlich. Dazu grinst er so ölig, dass man Shrimps darin frittieren könnte.

Charleen nickt Robert zu. »Ist das etwa eine Einladung zu einem Date?«, fragt sie.

»Na klar. Es sei denn, du willst unbedingt mit dem da in der Schulcafeteria essen. Mit mir könntest du nämlich zum Italiener um die Ecke gehen … auf meine Kosten natürlich.«

»Das klingt verlockend«, sagt sie.

Mir ist klar, dass ich jetzt Robert übertrumpfen und dafür sorgen muss, dass Charleen die Mittagspause nicht mit ihm, sondern mit mir verbringt. Aber wieder fühlen sich meine Lippen an, als hätte jemand Sekundenkleber draufgeschmiert. Ich bringe einfach kein Wort heraus. Aarrrgh!

Robert schlendert durch den Klassenraum und steht jetzt direkt vor Charleen. Verführerisch fährt er sich durch die Haare und sagt mit gegelter Stimme: »Ich habe immer gewusst, dass es Engel gibt. Aber jetzt habe ich zum ersten Mal einen gesehen. Hoffentlich fliegst du nicht gleich wieder weg …«

Charleen wird rot und ich bekomme einen Hustenanfall. Hat der gerade tatsächlich so eine schmalzige Sülze von sich gegeben?! Ich könnte kotzen. Vor allem, weil es Charleen auch noch gefällt.

Aber egal, irgendetwas muss ich jetzt einfach bringen. Also atme ich innerlich einmal tief durch und sage: »Und wir, Charleen?! Ich könnte dir etwas zu trinken ausgeben!«

»Du bist süß, Felix.«

»Ich …«

Aber da ist sie schon zur Tür hinaus. Robert steckt noch einmal den Kopf ins Zimmer, grinst und sagt: »Jetzt hast du aber ziemlich abgelost, Rohrbach. Mach dich nicht unglücklich und gib einfach auf. Ein Mädchen wie Charleen ist nicht deine Kragenweite. Sie gehört mir. Finde dich damit ab.«

24.

Der Rest des Schultags ist ein einziger Albtraum. Immer wieder hallen Charleens Worte durch meinen ansonsten hohlen Kopf. Du bist süß, Felix. Warum hat sie mir nicht gleich gesagt, dass sie mich für einen schwanzlosen Lurch hält, der vielleicht hübsch malen kann, aber als Mann ungefähr so attraktiv ist wie ein Sack Bohnen?! Süß! Das ist vernichtender als blöd, doof, hässlich, stinkend. Süß ist einfach ... chancenlos.

25.

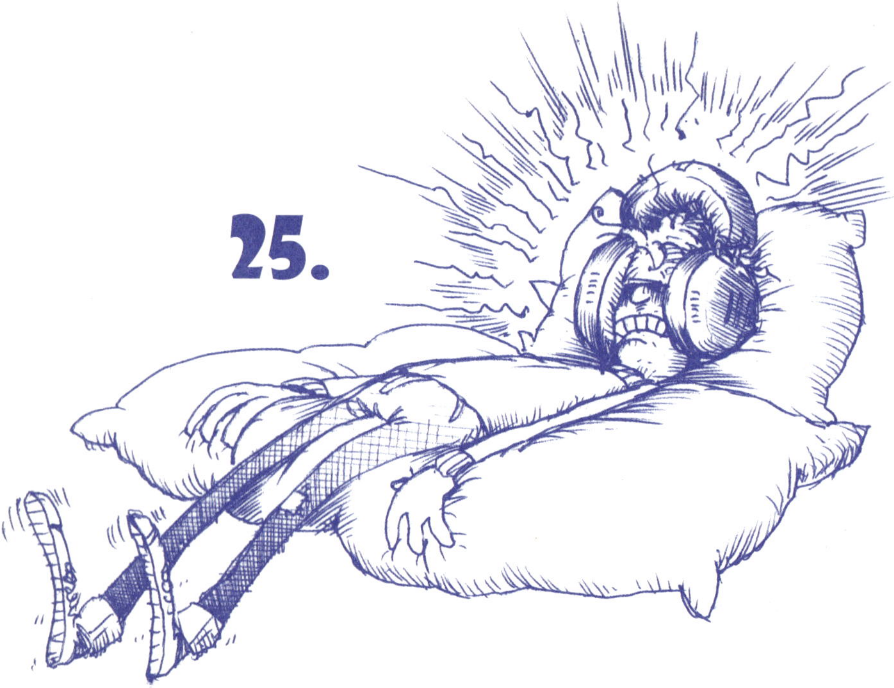

Am Nachmittag schlurfe ich schlecht gelaunt nach Hause, knalle meine Schultasche auf den Boden, lasse mich aufs Bett fallen, ziehe meine Sennheiser-Superbooster-Kopfhörer auf und zerstöre mir meine Trommelfelle, indem ich zwei Stunden lang auf höchster Lautstärke Rammstein höre.

Robert Maschmann hat recht. Ich sollte aufgeben. Ich sollte mir Charleen aus dem Kopf schlagen. Wenn ein Typ wie ich sich in ein Mädchen wie Charleen verliebt, ist das ungefähr so, als wäre ein Hängebauchschwein im brasilianischen Urwald in einen hungrigen Puma verliebt. Während es bei Robert umgekehrt ist. Einer wie er und eine wie sie. Das ist wie Ken und Barbie, Brad und Angelina, David und Victoria. Es passt einfach. Mehr muss man nicht sagen.

Ich brauche dringend etwas, das mich aufbaut. Ich gehe rüber zu Jack Russell und frage sie: »Findest du mich attraktiv?

»Im Vergleich womit? Einem Hundehaufen?«

»Nein, jetzt mal ehrlich.«

Sie zuckt mit den Schultern. »Keine Ahnung, Felix. Kann schon sein. Aber wie soll man das beurteilen unter dieser… Oberfläche?«

»Wie meinst du das?!«

»Was ich meine?!«, schnaubt sie abfällig. »Na, alles. Deinen Look, deine Frisur, deine Pickel, deine ganze Art. Dir ist es doch völlig egal, was andere Leute von dir denken. Und, na ja, genau das denken die Mädchen dann halt auch von dir. Solltest du mal darüber nachdenken.«

Überrascht sehe ich sie an. Es stimmt. Äußerlichkeiten haben mich noch nie interessiert. Mein Look, mein Body, meine Frisur – ist mir alles egal. *War* mir egal, sollte ich wohl sagen.

Aber jetzt ist Charleen auf diesem Planeten gelandet. Jetzt ist sie definitiv das Wichtigste in meinem Leben. Höchste Zeit also, etwas an mir zu ändern.

26.

Es fällt mir wie Schuppen von den Augen. Auf einmal weiß ich ganz genau, was ich tun muss. Auf dem Programm steht ab sofort: *Pimp my Felix!* Nur so habe ich eine Chance gegen Robert Maschmann.

Als ich mich abends durchs Gestrüpp auf das Baugrundstück zwänge, hat sich meine Laune schon deutlich gebessert. Die Lage sieht doch nicht mehr ganz so aussichtslos aus. Ich bin vielleicht ein Nerd. Aber ich bin kein Loser. Ab jetzt werde ich mich voll und ganz darauf konzentrieren, das Mädchen aller Mädchen zu erobern!

Musti und Lea mustern mich neugierig von der Seite. Sie merken, dass ich wieder irgendetwas ausbrüte. Also spanne ich sie nicht länger auf die Folter. »Ich brauche eure Hilfe, Leute«, erkläre ich.

»Geht klar, Digger. Worum geht's?!«

»Charleen«, sage ich nur.

Lea rollt mit den Augen. »Sag nicht, dass wir dir helfen sollen, sie rumzukriegen.«

»Genau darum wollte ich euch bitten.«

Musti schnaubt. »Mann, Digger. Glaubssu immer noch, dass es klappen könnte? Die Braut ist Spitzenware, Mann. Da verbrennst du dir nur die Finger. Glaubssu besser.«

»Kann sein. Aber ich will es wenigstens versuchen. Außerdem kann ich nicht damit leben, dass Robert Maschmann seine schleimigen Griffel auf sie legt.«

»Was hat der denn damit zu tun?!«, fragt Lea.

Ich kläre die beiden über das Duell auf, zu dem Robert mich aufgefordert hat.

Wütend schüttelt Lea den Kopf. »Das ist echt das Krankeste, was ich je gehört habe, Felix. Ein Duell um ein Mädchen? Ihr tut so, als wäre sie eine Trophäe?! Und ich dachte, du magst sie wirklich.«

»Aber das tue ich ja. Was kann ich denn dafür, wenn Robert ein Wettrennen daraus macht?!«

»Ehrlich?«, fragt sie. »Es geht dir wirklich nur um sie? Und nicht darum, es Robert mal so richtig zu zeigen?«

»Ich schwöre.«

»Mann, Alter, ist trotzdem lächerlich, weissu?! Vergiss sie einfach. Diese  passt nicht zu dir«, sagt Musti, der nebenbei eine Tüte Tiefkühl-Pommes in sich reinfuttert. (Natürlich ohne sie vorher aufgetaut zu haben. Er nennt das Pommes-Eis. Ist eine seiner Lieblingsspeisen.)

»Und selbst wenn! Ist mir egal. Ich liebe sie!«, sage ich.

Lea nickt und sieht etwas versöhnter aus. »Okay, find ich cool, dass du so denkst. Ich verliebe mich auch immer nur in Typen, die nicht zu mir passen.«

»Abu! In wen denn?«, fragt Musti.

Lea zuckt mit den Schultern.

»Johnny Depp zum Beispiel. Oder Orlando Bloom. Oder C-3PO.«

Musti spuckt vor Überraschung eine Tiefkühl-Fritte aus. »Du bist in einen Roboter verliebt?!«

Lea nickt. »War ich mal. Ich fand ihn total süß. Außerdem habe ich es mir toll vorgestellt, seine goldene Metallhaut zu streicheln.«

Musti unterdrückt ein Prusten und ich bin auch kurz davor laut loszulachen. Lea ist schon echt ziemlich verrückt. Wir schweigen eine Weile. Dann sagt sie: »Aber hier geht's ja nicht um mich, sondern um Felix. Er ist unser Freund. Also helfen wir ihm.«

»Hassu recht, Lea. Bin ich dabei«, sagt Musti.

»Ich wusste, dass ich mich auf euch verlassen kann. Danke«, sage ich.

27.

Lea hat mehr oder weniger dasselbe gesagt wie meine Schwester. Wenn ich Charleen erobern möchte, muss ich so ziemlich alles an mir pimpen: meine Optik, meinen Style, meine Frisur, meinen Musikgeschmack, meine Art, mich zu geben, zu reden, zu riechen. Charleen ist hot. Also muss ich auch hot werden.

28.

Am nächsten Abend klingeln wir bei Prinz Thomas an der Tür. Er ist zwei Jahre älter als wir und hat eine eigene Einliegerwohnung im Keller seines Elternhauses. Wir beneiden ihn alle darum. Er ist der stylischste Junge, den ich kenne. Ein bisschen wie Robert Maschmann, nur dass der Prinz eben wirklich Stil hat.

Er träumt davon, eines Tages einen Friseursalon aufzumachen und dann so berühmt zu werden wie Jamie Oliver, nur eben nicht mit Kochen, sondern mit Haaren.

Nachdem der Prinz uns die Tür geöffnet hat, legt er sich theatralisch die Hand an die Wange, rollt mit den Augen und sagt: »Ach Gottchen, das ist ja eine Überraschung. Lea, Schätzchen, ich freue mich, dich zu sehen. Und wie ich sehe, hast du den Fettkloß und die Mülltonne mitgebracht.«

»Hi Prinz. Ja, wegen der Mülltonne sind wir hier.«

Falls es euch noch nicht klar ist – mit der Mülltonne bin ich gemeint.

»Willst du ihn etwa entsorgen? Bitte nicht bei mir, Herzchen. Meine Wohnung ist keine Deponie für schräge Typen – auch nicht, wenn sie nett sind.«

Der Prinz zwinkert mir zu. Ich finde sein Gelaber trotzdem total bescheuert.

»Nein, keine Sorge«, erklärt Lea. »Du sollst ihm nur dabei helfen, ein bisschen mehr wie ein normaler Mensch auszusehen.«

Der Prinz mustert mich demonstrativ von Kopf bis Fuß und sagt: »Wie soll das denn gehen?! Da wäre es ja einfacher, aus einer benutzten Klobürste einen Angorapulli zu machen.«

»Verdammt, jetzt reicht es aber. Selber Klobürste«, fahre ich ihn an.

Prinz Thomas kichert gut gelaunt. »Beruhig dich, mein Lieber. Ich übertreibe doch nur ein wenig.«

»Also, was meinst du, Prinz? Kannst du etwas aus ihm machen? Es ist wichtig«, hakt Lea nach.

Der Prinz nickt bedächtig mit dem Kopf und sagt: »Lea-Schätzchen, du kennst mich doch. Ich kann aus allem etwas machen. Also werde ich auch diese Mülltonne in einen sexy Boy verwandeln können. Wie spät ist es jetzt? Acht Uhr? Freitagabend? Gut, ich denke, ich werde das ganze Wochenende brauchen. Und solange werdet ihr ihn nicht zu sehen bekommen. Aber wenn ich fertig bin, am Montagmorgen, pünktlich zu Schulbeginn, werdet ihr große Augen machen. Das verspreche ich euch.«

29.

Ich verbringe das ganze Wochenende unter einer Gurkenmaske. Außerdem wurde ich pedikürt, manikürt, frisiert, geschminkt, geföhnt und gegelt. Ob sich der Aufwand wirklich lohnt?

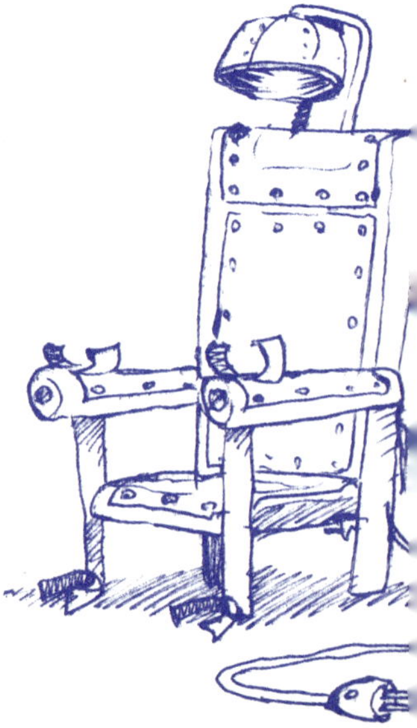

30.

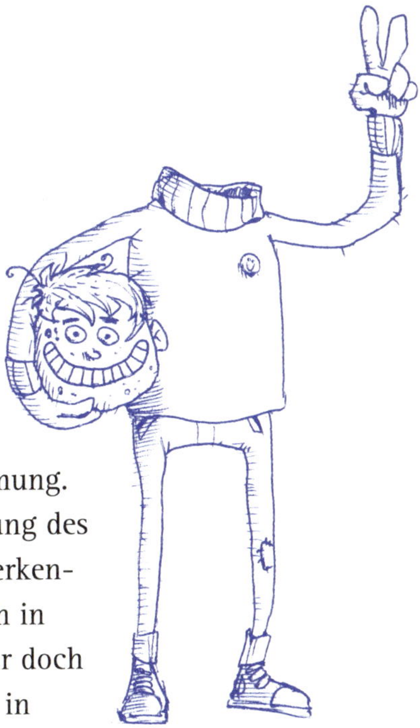

60 Stunden später. Montagmorgen. Ich bin in Höchststimmung. Denn nach der Spezialbehandlung des Prinzen bin ich nicht wiederzuerkennen. Charleen muss sich einfach in mich verlieben. Jetzt spielen wir doch in der gleichen Liga. Jedenfalls in Sachen Style.

Als ich um kurz vor acht Uhr den Schulhof betrete, werden meine Erwartungen nicht enttäuscht. Fast alle meine Mitschüler drehen sich zu mir um und sehen mich neugierig an.

Das ist noch nie vorgekommen! Wenn ich normalerweise morgens den Schulhof betrete, bemerkt das niemand. Ich müsste schon meinen eigenen Kopf unter dem Arm tragen oder mit einer geladenen Maschinenpistole herumfuchteln, damit irgendjemand mir auch nur einen müden Blick zuwerfen würde.

Heute aber nicken mir viele sogar anerkennend zu oder tippen sich zur Begrüßung mit dem Finger gegen die Stirn. Die Mädchen stupsen sich an und tuscheln – aber anders als früher lachen sie sich danach nicht kaputt über mich. Im Gegenteil. Sie sehen zu mir herüber und schenken mir ihr schönstes Lächeln. Ich kann nicht glauben, dass dies hier gerade alles wirklich passiert.

Dann kommt auch noch Sonja Nirumand auf mich zu und spricht mich an. Sie ist nicht irgendwer. Sie gehört zu den absoluten It-Girls an der Schule und ist zu jeder Tages- und Nachtzeit so gestylt, als wäre sie auf dem Weg zur Oscar-Verleihung.

Es wird euch also nicht wundern, wenn ich euch verrate, dass Musti und ich normalerweise mit Sonja (und allen übrigen It-Girls) nicht besonders viel zu tun haben. Wir halten sie für ziemlich eingebildete Tussen mit dem IQ von Eichhörnchen. Dafür halten sie uns für Nerds mit dem Sexappeal von einem Badezimmerteppich.

Heute aber ist alles anders. Sonja lächelt mich aufreizend an und sagt mit honigsüßer Stimme: »Hey, guten Morgen.«

Ich bin so verwirrt, dass ich erst mal gar nicht reagieren kann. Dann sage ich zögernd: »Morgen, Sonja.«

»Oh, du weißt, wie ich heiße, das ist ja cool von dir. Wie heißt du denn?!«

»Wie? Wie ich heiße?! Felix! Das weißt du doch?!«

»Nee, woher soll ich das wissen? Du bist doch neu auf

der Schule, oder nicht? Ich habe dich jedenfalls noch nie gesehen. Du siehst super aus! Es gibt übrigens noch einen Typen auf der Schule, der Felix heißt. Aber das ist ein totaler Loser.«

»Sieh lieber noch mal genauer hin, Sonja. Von wegen Loser«, sage ich triumphierend.

Sonja zuckt zurück, als hätte sie in eine Steckdose gefasst. »Du meinst, du bist das?! Du bist der Felix, der sonst immer so aussieht, als würde er Mode für eine Krankheit halten?!«

»Ja, genau der.«

Sonja starrt mich ungläubig an und stottert: »Felix… Das ist ja echt ein Wunder. Du siehst richtig klasse aus. Gratuliere. Ich kann's gar nicht glauben.«

»Solltest du aber lieber, Sonja. Und mach den Mund zu, sonst atmest du noch zu viel Luft ein, nimmst zehn Gramm zu und passt nicht mehr in deine Klamotten in Größe zero.«

31.

Den ganzen Vormittag halte ich nach Charleen Ausschau. Da wir in den ersten Stunden keinen gemeinsamen Unterricht haben, sehe ich sie erst in der großen Pause. Sie läuft mir auf dem Flur entgegen. Sie trägt ein knallrotes Kleid, das perfekt ihre Körperformen betont. Ihre Schulsachen hat sie in einer auffälligen riesigen Strandtasche und dazu trägt sie eine überdimensionale Sonnenbrille. Ihre Schritte sind leicht und federnd, als würde sie über den Boden schweben. Seufz und Doppelseufz!

»Hallo, Charleen. Schön, dich zu sehen«, sage ich. Bloß nicht anmerken lassen, dass ich den ganzen Vormittag genau auf diesen Augenblick gewartet habe.

Charleen bleibt stehen, schenkt mir ein bezauberndes Lächeln und sagt: »Hi, Felix. Wow! Was ist denn mit dir passiert? Du siehst super aus.«

YES, denke ich. Mein neuer Look funktioniert also auch bei ihr! Die Chance muss ich nutzen! Sag etwas Nettes zu ihr, zischt eine Stimme in meinem Kopf. Etwas, das ihr klarmacht, wie sehr du sie magst, ohne gleich total zu übertreiben.

Gerade will ich mit dem ultimativen herzerweichenden Superkompliment loslegen, als mich

plötzlich eine durchdringende feuersirenenhafte Stimme unterbricht: »Huhu! Felix! Das ist aber schön, dass ich dich hier treffe! Ich bin's, Babette! Na, hast du mich vermisst? Bestimmt, oder? Wie geht's dir denn? Ich habe dich schon den ganzen Morgen gesucht. Gehst du mir vielleicht aus dem Weg? Kann ich mir gar nicht vorstellen! Ich weiß ja schließlich, dass du mich total gern magst. Bestimmt träumst du nachts sogar von mir?! Hey, du siehst ja super aus. Total klasse, dein neuer Look. Wär aber nicht nötig gewesen, dass du dich extra für mich so in Schale wirfst. Trotzdem bin ich total glücklich, dass du … also dass wir beide … also, dass du und ich …«

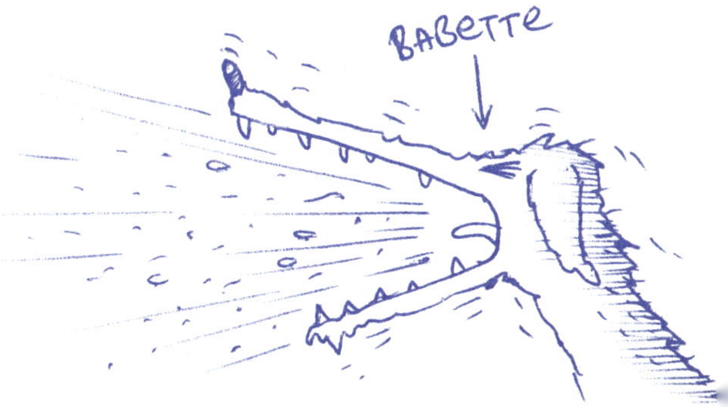

Babette Zimmermann! Die größte Landplage, die man sich vorstellen kann. Kommt gleich nach Erdbeben, Tsunamis, Vulkanausbrüchen und Pestepidemien. Babette redet in einem Formel-1-Tempo und das ununterbrochen, so als hätte sie Angst, sofort zu sterben, wenn sie nur mal zwischendurch Luft holen würde. Allen anderen Menschen in ihrer Umgebung geht es umgekehrt: Sie haben Angst zu sterben, wenn Babette nicht schnellstmöglich die Klappe hält. Aber das ist noch nicht einmal das Schlimmste. Noch viel schlimmer ist die Tatsache, dass Babette aus irgendeinem Grund fest davon überzeugt ist, dass sie und ich irgendwie zusammengehören. Also, um es auf den Punkt zu bringen: Sie ist seit Jahren in mich verknallt. Das findet ihr jetzt wahrscheinlich komisch, weil ich ja erwähnt habe, dass die Mädchen mich meistens eher unattraktiv finden. Aber Babettes Geschmack kann man sowieso nicht so wirklich einordnen. Und das Problem ist – wenn Babette Zimmermann in einen verliebt ist, DANN IST DAS ECHTES PECH! Weil sie so ein Mädchen ist, das einen wirklich in den Wahnsinn treibt. Ich habe mir wirklich schon viel Mühe gegeben, ihr klarzumachen, dass ich nichts von ihr will. Im Laufe der Zeit waren dafür immer deutlichere Worte und drastischere Maßnahmen nötig. Genützt hat es aber nichts. Was dieser Moment jetzt gerade wieder sehr deutlich zeigt. Stöhn und Doppelstöhn!

Zu den vielen unangenehmen Angewohnheiten von Babette gehört leider auch, dass sie immer zum falschen Zeitpunkt am falschen Ort auftaucht, um dann das Falsche zu sagen. Aber noch kein Moment war jemals so ungünstig wie dieser Augenblick, als ich endlich die Chance habe, mit Charleen ins Gespräch zu kommen.

Aber es ist zu spät. Nachdem ich Babette endlich zum Schweigen gebracht habe, blicke ich mich suchend um. Dann sehe ich, wie Charleen gerade in ihrem Klassenraum verschwindet. Ich blicke ihr hinterher und fühle mich wie ein zum Tode Verurteilter, der zum zehnten Mal den elektrischen Stuhl überlebt, weil immer zum Zeitpunkt seiner Hinrichtung der Strom ausfällt.

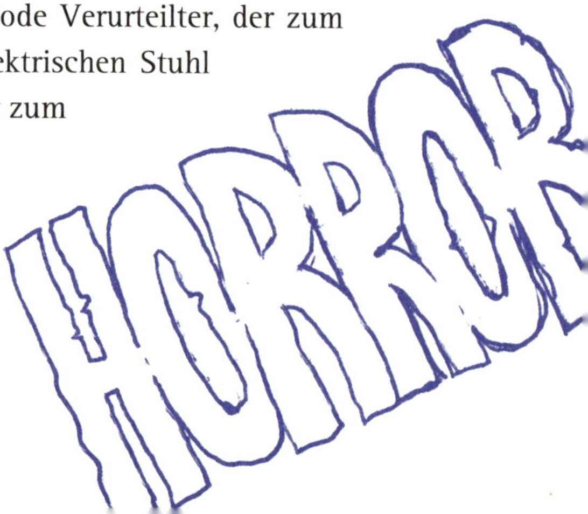

32.

An diesem Abend kommt, was kommen musste: Meine Eltern wollen wissen, was mit mir los ist. Weil ich mich ja so verändert hätte… Eigentlich wissen sie natürlich ganz genau, was mit mir los ist. Wie alle anderen Eltern besitzen auch sie eine geheime Gedankenlesemaschine, mit der sie in die Köpfe ihrer Kinder sehen können. Es wird höchste Zeit, dass der Bundesdatenschutzbeauftragte sich um dieses Problem kümmert und dem Ganzen einen Riegel vorschiebt.

Mom sieht mich mit diesem mütterlichen Mikrowellenblick an – einem wird ganz warm, wenn sie das tut – und fragt mit Säuselstimme: »Jetzt sag schon, Felix. Wie heißt sie denn?«

»Wie heißt wer?«

»Na, das Mädchen, in das du verliebt bist.«

»Keine Ahnung, wovon du redest, Mom«, sage ich.

»Sie heißt Charleen«, sagt Jack Russell.

Ich werfe ihr einen Killerblick zu. »Halt bloß die Klappe, Lockenwarze.«

»Du hast mir gar nichts zu sagen, Pickelschnauze«, erwidert sie.

Mein Dad hüstelt und sagt: »Hey, könnt ihr euch bitte benehmen, ihr zwei!«

Abwehrend hebe ich die Hände in einer Geste der Unschuld. »Ich streite mich nicht. Aber dieses verunglückte Genexperiment, das ihr meine Schwester nennt, mischt sich in Dinge ein, die sie nichts angehen.«

»Und dieser wandelnde Rotzfaden, der mein Bruder sein soll, beleidigt mich.«

»Dich kann man gar nicht beleidigen, Silikonhirn.«

»Aber dich kann man echt nur verkloppen, du Stinkmorchel.«

»Versuch's doch, du Darmfloristin.«

»Schluss jetzt«, geht Dad grinsend dazwischen.

Mom seufzt und sagt: »Ich glaube, unsere Kinder werden langsam erwachsen, Schatz?!«

»Kann sein«, antwortet Dad mit ernster Stimme. »Aber sie benehmen sich trotzdem wie zwei unreife Bananen, die im Tiefkühlcontainer über die Weltmeere verschifft werden. Darum finde ich auch, dass sie sich jetzt bitte in ihre Zimmer zurückziehen und über ihr Verhalten nachdenken sollen.«

»Ach, Dad!«, rufe ich empört aus.

»Keine Diskussion. Raus mit euch.«

»Schon gut«, sage ich kleinlaut.

»Volltrottel«, sagt Jack Russell.

33.

Wutschnaubend verziehe ich mich in mein Zimmer. Ich genieße die herrliche Stille, die mich hier umgibt (jetzt mal abgesehen von dem Lärm, den Musikanlage, Fernseher und die Game-Konsole verbreiten).

Ich will gerade online gehen, weil mir eingefallen ist, dass ich mich unbedingt mit Charleen auf Facebook verlinken muss, als mein Vater in mein Zimmer kommt und sagt: »Ich möchte mich kurz mit dir unterhalten.«

Ohne eine Antwort abzuwarten, schließt er hinter sich die Tür und sagt mit seltsamer Stimme: »Deine Mutter und ich freuen uns sehr, dass du ein nettes Mädchen kennengelernt hast. Wir dachten bisher ja immer, dass du dich nicht so für Mädchen interessierst ...«

»Bitte, Dad. Hör auf damit.«

»... aber nun, da es so weit ist, dachte ich, wir sollten mal offen darüber sprechen.«

In meinem Kopf schrillt ungefähr eine Million Alarmglocken. Oh mein Gott! Er will jetzt nicht wirklich ein Aufklärungsgespräch mit mir führen, oder? Das ist erstens überflüssig, zweitens unnötig und drittens mega-peinlich.

Dad aber setzt sich neben mich auf

mein Bett und sagt: »Du weißt, dass deine Mutter und ich sehr tolerante Eltern sind und wir dich bestimmt von nichts abhalten wollen. Ganz im Gegenteil, wir glauben, dass es sehr wichtig ist, dass du … Erfahrungen sammelst. Aber wir möchten eben auch, dass diese Erfahrungen kein übles Nachspiel haben. Wenn ein Mädchen in deinem Alter schwanger wird, dann …«

An diesem Punkt des Gespräches schaltet mein Großhirn den Betrieb ab. Warum sollte ich auch zuhören?! Da Charleen im Moment noch nicht einmal mit mir spricht, sind alle weiteren Überlegungen ziemlich witzlos. Vor allem wenn es dabei um Sex geht. Darum dringen die ganzen Vokabeln, die Dad herunterbetet, auch nicht wirklich in mein Bewusstsein: Streicheln, Zyklus, Kondom, Pille... Könnte jetzt nicht einfach ein Erdbeben ausbrechen und das Haus in sich zusammenstürzen?

Als eine halbe Stunde später die Tür hinter meinem Vater wieder zu ist, lasse ich mich ermattet zurück aufs Bett fallen. Dieses Gespräch hat mich mindestens ein Viertel meiner Gehirnzellen gekostet. Sie sind aus Peinlichkeit und Scham einfach geschmolzen.

34.

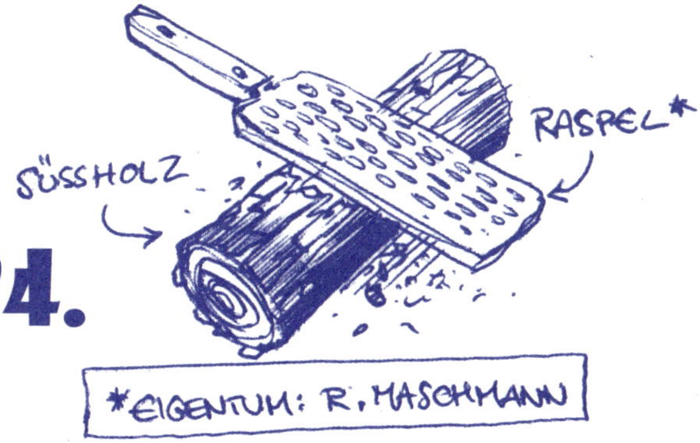

Die nächsten Tage sind die reinste Folter für mich. Charleen ist nett, charmant und fasziniert mich von Minute zu Minute mehr. Aber offenbar beruht diese Faszination nicht auf Gegenseitigkeit. Den ganzen Tag über wechseln wir höchstens ein oder zwei Sätze. Danach lässt sie mich immer sofort wieder stehen. Immerhin gelingt es mir, ihr zu sagen, dass das mit Babette wirklich ein Missverständnis und diese lebende Landplage keineswegs meine Freundin ist.

Charleen aber zuckt daraufhin nur mit den Schultern, schenkt mir ein bezauberndes Lächeln und sagt: »Echt? Ist ja schade. Ich fand Babette süß. Eigentlich passt sie doch zu dir…«

Würg und Doppelwürg! Babette und ich PASSEN zueinander? Super, wenn ausgerechnet sie das findet – das Mädchen, in das ich unsterblich verliebt bin und wegen dem ich mein ganzes Leben umkrempeln möchte! Das ist ganz schön frustrierend! Seufz und Doppelseufz!

35.

An einem der folgenden Abende aber ist das Glück auf meiner Seite. Ich gehe mit Musti und Lea ins *FiftyFive*. Das ist so ein Diner, in dem wir manchmal etwas essen oder trinken gehn. Wir setzen uns an einen Tisch in der Ecke, bestellen Burger mit Pommes und quatschen über dieses und jenes. Da geht plötzlich die Tür auf und Charleen kommt herein. Und zwar in Begleitung von Larissa von Eckstein und Tanja Pelmini, zwei weiteren Super-It-Girls von unserer Schule. Sofort ist mein Puls auf 180.000. Mein Gesicht nimmt die Farbe von Ketchup an und mein Mund ist auf einmal so trocken wie Löschpapier…

Musti legt mir die Hand auf die Schulter. »Ey Digger. Alles in Ordnung, oder was? Hassu gesehen, wer gerade reingekommen ist?«

»Klar.«

»Hassu Glück, Mann! Das ist die

Chance, Digger. Gehssu rüber, sagssu, dassu sie liebst!«

Lea grinst und sagt: »Musti hat recht. Hier kann dir niemand reinpfuschen. Ich drücke dir die Daumen.«

»Schon klar«, sage ich leise und klinge dabei nicht gerade selbstbewusst.

»Machssu besser schnell«, sagt Musti.

»Also los. Du schaffst das«, sagt Lea.

Ich nehme all meinen Mut zusammen, stehe auf und will zu dem Tisch gehen, an dem sich die drei Mädels niedergelassen haben. Aber wisst ihr eigentlich, wie weit fünf Meter sein können? Nicht viel weniger als die Distanz, die ein Athlet beim Iron Man auf Hawaii zurücklegen muss. Jedenfalls *gefühlt*.

Leider sehe ich Sekunden später auch genauso aus, als würde ich gerade an einem Triathlon teilnehmen. Meine Nervosität bewirkt nämlich, dass meine Schweißdrüsen wieder mal auf Turbo schalten (dachte, ich hätte das Problem hinter mir). Schwitz und Doppelschwitz! Meine inzwischen gefluteten Turnschuhe geben bei jedem Schritt ein seltsames *Quak*-Geräusch von sich.

Ich bin schon kurz davor, aufzugeben und doch wieder zu Lea und Musti zurückzugehen, als die Tür ein zweites Mal aufgeht – und herein kommt niemand anders als ausgerechnet Robert Maschmann!

Er sieht sich um, fährt sich lässig durch die Haare, setzt sein Hollywood-Superstar-Lächeln auf und geht mit lässigen

Schritten auf den Tisch von Charleen, Larissa und Tanja zu.

Dabei kommt er an mir vorbei, bleibt kurz stehen und zischt durch die Zähne: »Was ist denn mit dir los, Felix? Regnet es draußen? Oder bist du irgendwo ins Wasser gefallen? Ich würde jedenfalls schleunigst nach Hause gehen und mir was Frisches anziehen. Ziemlich unappetitlich, das Ganze.«

Demonstrativ hält er sich die Nase zu.

Dann muss ich stumm mit ansehen, wie Robert sich an den Tisch der Mädchen heranscharwenzelt. Dort angekommen, baut er sich auf wie ein Model bei einem Schönheitswettbewerb und sagt mit Megaschmalz-Stimme: »Hey Girls. Nett, euch hier zu treffen. Larissa, du siehst einfach umwerfend aus. Tanja, du bist eine echte Augenweide. Aber Charleen, du bist einfach ein Wesen von einem anderen Stern, das zu unserem großen Glück den Weg auf die Erde gefunden hat. Bezaubernd! Ich bin nur froh, dass nicht zufällig ein Filmproduzent oder ein Model-Agent in der Nähe ist. Die würden dir nämlich beide sofort einen Millionenvertrag anbieten – und dann wärst du nicht mehr hier bei uns.«

Ich könnte kotzen, als ich Robert zuhöre. Aber immerhin vergesse ich dabei meine Nervosität. Ich mache drei entschlossene Schritte vorwärts und stehe jetzt auch vor dem Tisch der Mädchen. Lächelnd sehe ich Charleen an und sage: »Hey, Charleen. Ich finde, Robert hat recht. Du bist einfach umwerfend. Das wollte ich dir schon die ganze Zeit sagen. Seit du auf die Schule gekommen bist, bin ich irgendwie nicht mehr derselbe. Ist dir das eigentlich aufgefallen? Falle ich dir überhaupt auf? Weißt du überhaupt, wer ich bin?!«

Am Tisch herrscht ein seltsames Schweigen. Genau wie in meinem Kopf. Und überhaupt im ganzen Restaurant. Inzwischen gucken nämlich alle Gäste zu uns rüber – vermutlich weil sie das hier für die neuste Folge von Comedy Street Simon Gosejohann halten.

Langsam wird mir klar, dass mein übliches Gestammel vielleicht doch gar nicht so verkehrt ist. Immerhin bewahrt es mich davor, so einen Unsinn zu reden wie gerade eben. Groll und Doppelgroll!

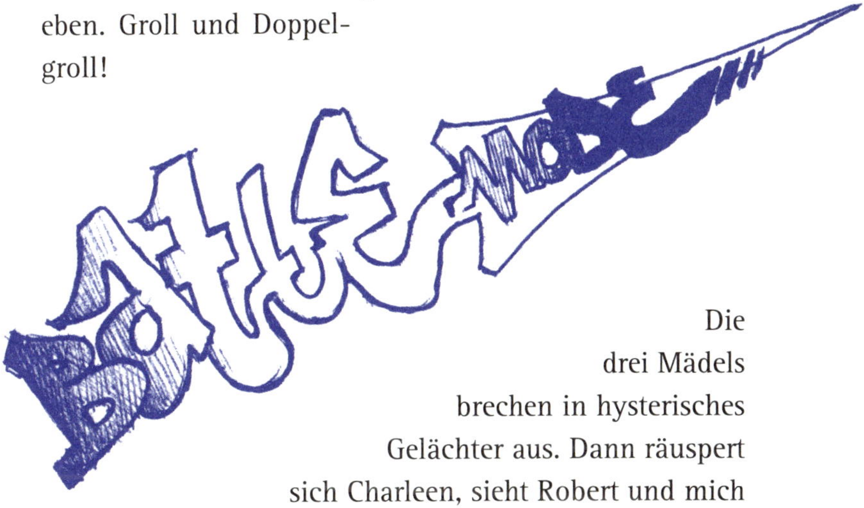

Die drei Mädels brechen in hysterisches Gelächter aus. Dann räuspert sich Charleen, sieht Robert und mich kopfschüttelnd an und sagt: »Was ist eigentlich mit euch los, Jungs? Glaubt ihr wirklich, ihr könnt mich mit so einem Auftritt beeindrucken? Also bei dir, Robert, da fragt man sich echt, ob du diese

ganzen Sprüche eigentlich irgendwo auswendig gelernt hast. Na ja und du, Felix … bei dir weiß man nie, woran man eigentlich ist. Du benimmst dich ziemlich seltsam. Um ehrlich zu sein, seid ihr alle beide echt merkwürdig. Und jetzt lasst uns bitte in Ruhe. Wir möchten uns nämlich ungestört unterhalten …«

Verdattert sehen Robert und ich uns an, zucken beide mit den Schultern und ziehen davon.

36. SPORT

Am nächsten Tag nach Schulschluss taucht Robert plötzlich neben mir auf. Er hat sein Coverboy-Grinsen wiedergefunden und sagt: »Mann, Charleen hat uns gestern ja ganz schön abserviert… Finde ich aber gar nicht schlecht. So macht es umso mehr Spaß, sie rumzukriegen – und ich werde sie rumkriegen.«

Auch ich habe über Nacht meine gute Laune wiedergefunden. »Was macht dich da so sicher, Robert? Ich finde, sie hat dich gestern genauso abblitzen lassen wie mich. So gesehen steht es unentschieden.«

Robert zuckt mit den Schultern. »Kann sein. Aber das wird sich schon bald ändern. Du hast dich zwar inzwischen auch ganz schön rausgeputzt. Aber das ist bei dir ja nur Oberfläche. Es kommt immer auch darauf an, was sich darunter befindet! Damit du mich nicht missverstehst, Felix. Ich rede über *Body*. Falls das Wort dir etwas sagt.«

Mit diesen Worten bläst Robert seinen zugegebenermaßen durchtrainierten Körper vor mir auf. Und da er an diesem warmen Sommertag nur Shorts und ein ärmelloses T-Shirt trägt, bekomme ich eine beeindruckende Showeinlage geboten. 16-Inch-Bizeps, gemeißeltes Sixpack am Bauch, dazu Oberschenkel wie ein Eisschnellläufer…

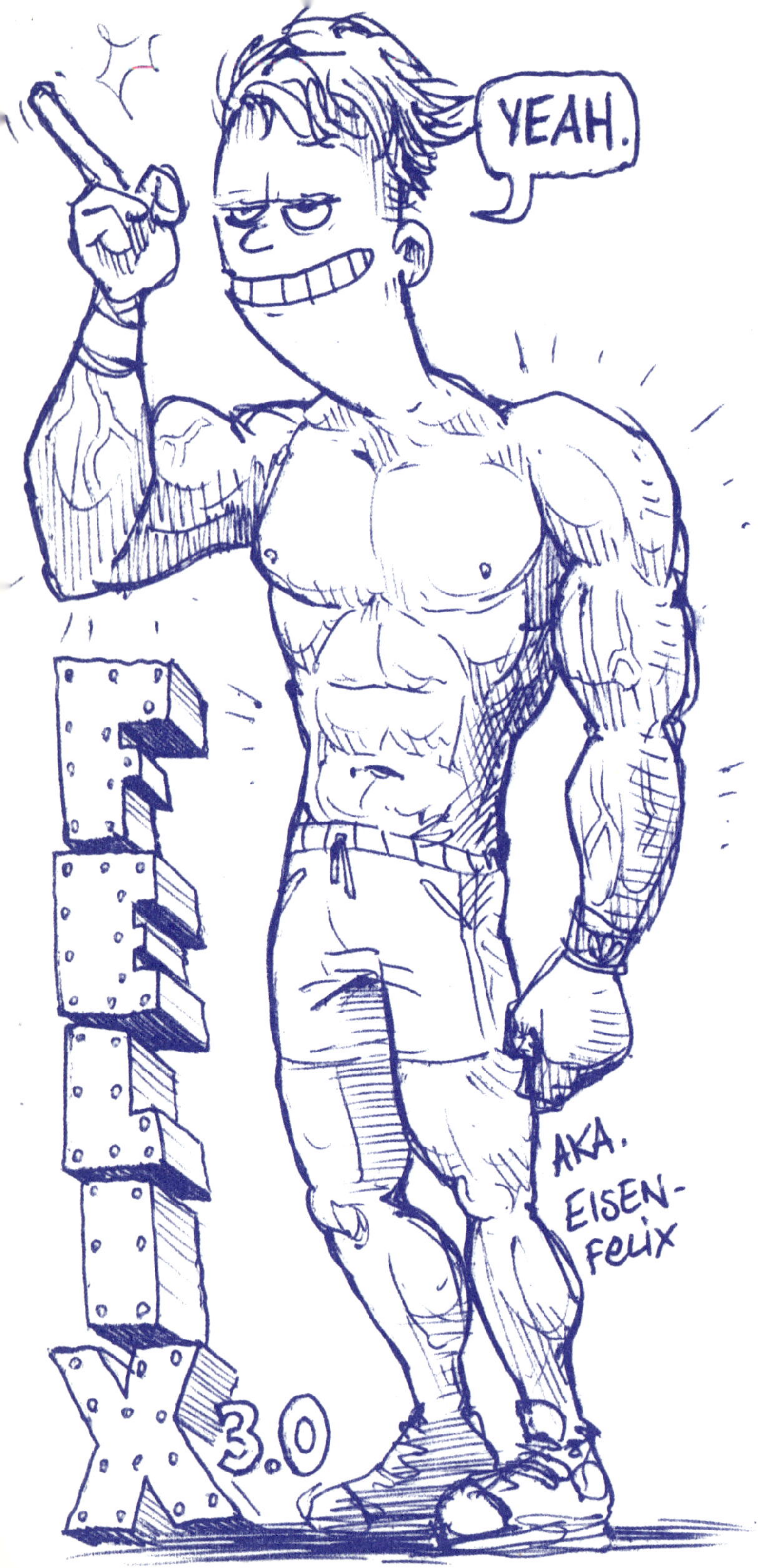
YEAH.
FELIX
3.0
AKA.
EISEN-
felix

Schließlich zuckt er mitleidig mit den Schultern und sagt grinsend: »Ein Junge, der etwas von einem Mädchen wie Charleen will, braucht stahlharte Muskeln. Du aber hast an deinem Körper nichts als müdes, schlaffes Fleisch, das seit zehn Jahren die Sonne nicht gesehen hat. Du siehst aus, als hättest du dein bisheriges Leben mit einem Ganzkörper-Gips im Bett verbracht. Wenn du also einen Tipp von mir haben möchtest: Räum lieber das Feld, Felix. Es wird ja doch nur frustrierend und peinlich für dich.«

Mit diesen Worten verschwindet Robert um die nächste Straßenecke und lässt mich einfach stehen. Ich fühle mich wie vor der Übungszielscheibe eines sehr schlechten Messerwerfers, der leider mit jedem Wurf meinen Körper trifft.

Ein Blick in die nächste Schaufensterscheibe beweist es. Mein Körper beeindruckt einen wirklich überhaupt nicht – kein breiter Rücken, keine kräftigen Oberarme, keine sehnigen Beine. Alles ist eher schmal und schwächlich. Meine Haut ist nicht braun gebrannt, sondern hat die Farbe von gekochten Nudeln. Insgesamt habe ich die Ausstrahlung eines altersschwachen Oldtimers, der an der nächsten Straßenecke zusammenbricht. Mist und Doppelmist.

37.

Abends bin ich sehr nachdenklich. Die letzten Tage haben mir etwas sehr deutlich gezeigt: Du kannst dein Leben nicht einfach ändern. Und noch weniger kannst du einfach jemand anderes werden.

Es gibt alle möglichen Kräfte, die einen dazu zwingen, man selbst zu bleiben.

Wenn man aber versucht, aus dem Gefängnis seines alten Ichs auszubrechen, wird einem ziemlich schnell klargemacht, wie schwach und erbärmlich man eigentlich ist.

Ich muss mich wohl damit abfinden, dass ich bei Charleen keine Chance habe. Heul und Doppelheul!

38.

Ein paar Tage später treffe ich mich mit Musti wieder im *FiftyFive*. Wir suchen uns einen Tisch in der hintersten Ecke. Lagebesprechung. Ich beichte Musti, dass ich frustriert bin, weil sich in Sachen Charleen einfach nichts tut. Weniger als nichts. Ich könnte aus Glas oder Luft oder Antimaterie sein – sie würde keinen Unterschied bemerken.

»Warum vergissu sie nicht, Alter? Wär besser. Bissu sonst nur scheißfrustriert. Bringt gar nichts, glaubssu«, erklärt Musti mir schulterzuckend.

»Wenn das so einfach wäre... aber ich muss ständig an sie denken.«

»Siehssu, Alter: Bissu nicht ihre Liga, verstehssu?! Sie ist Bundesliga-Topmannschaft. Du bist... muss ich nicht sagen, oder?!«

»Nee, nicht nötig, danke«, gebe ich grummelnd zurück. Er muss mir echt nicht unter die Nase reiben, dass ich im Vergleich zu Charleen eher in der Amateuroberliga-Mannschaft spiele.

Ich lasse mir Mustis Worte durch den Kopf gehen und frage dann mit etwas mehr Zuversicht in der Stimme: »Könnte ich nicht aufsteigen? So wie St. Pauli?«

Er grinst. »Geht schon, Digger. Dauert aber lange. Zu lange.«

Für Musti ist das weiter kein Problem. Er macht sich im Vergleich zu mir wirklich kaum einen Kopf um die Mädels. Er ist halt fest davon überzeugt, eines Tages die große Karriere als Rapper zu machen. Und dann wird er ein Leben führen wie die Typen in den MTV-Videos. Er wird in ein Mikro brüllen und ein bisschen mit den Hüften wackeln – und ist dabei umringt von Superbräuten in knappen Bikinis. Na ja, so stellt Musti sich das zumindest vor. Für mich ist die Sache leider nicht so einfach. Wegen Charleen. Ich muss mir etwas einfallen lassen.

39.

Robert Maschmann hat recht. Es gibt nur eine Möglichkeit, wie ich bei Charleen weiterkommen kann. Ich brauche Muskeln. Und zwar überall, am ganzen Körper. An den Armen, am Bauch, an den Beinen, am Arsch. So wie Arnold Schwarzenegger. So wie Dwayne The Rock Johnson. So wie Robert.

So wie alle Typen, die bei Supermädchen wie Charleen gut ankommen.

Aber woher soll ich all diese Muskeln nehmen? Schließlich kann man nicht einfach in einen Supermarkt gehen und sagen: »Ich möchte Aufschnitt und Schinken. Ach ja und packen Sie mir doch bitte noch zwei Kilo Bizeps ein. Und zwei neue Oberschenkel nehme ich auch noch.«

So funktioniert das einfach nicht. Aus einem Schwächling wie mir wird nicht per Fingerschnippen ein Superhero.

Wie immer geht es nur über den mühsamen Weg: Sport!

Stöhn und Doppelstöhn. Muss das wirklich sein?

Sport ist die merkwürdigste Erfindung der Menschheit. Seit ungefähr 200.000 Jahren versuchen wir nichts anderes, als Dinge zu entwickeln, die uns den Alltag erleichtern sollen. Kaffeemaschinen, Rolltreppen, Segways. Aber gleichzeitig sind

die Menschen total scharf darauf, ständig etwas möglichst Anstrengendes zu tun! Joggen, Gewichtheben, Schwimmen, Speerwerfen.

Das habe ich einfach noch nie verstanden. Aber jetzt bleibt mir wohl nichts anderes übrig, als mich auch zu Tode zu schinden!

Ohne Fleiß kein Preis.

Und ohne Muskeln kein Mädchen.

40.

Am nächsten Morgen um Viertel nach sechs – also praktisch mitten in der Nacht – fange ich mit dem Training an. Ich habe beschlossen, es zuerst mit Joggen zu versuchen. Das ist die ideale Sportart. Es kostet nichts, man kann es überall machen und außerdem weiß ich aus zuverlässigen Quellen, dass Charleen auch immer joggen geht!

Zu meiner Überraschung hat Musti gestern Abend angekündigt, dass er auch anfangen will zu trainieren. »Yo, Digger. Muss ich Kondition haben. Für später. Wenn ich berühmter Rapper bin. Für Auftritt im Stadion, weissu?«

Als ich zum vereinbarten Treffpunkt komme, ist Musti schon da – und ich kriege vor Entsetzen fast den Mund nicht mehr zu. Er trägt einen schwarz glänzenden hautengen Running-Anzug, in dem er aussieht wie eine wandelnde Presswurst. Seinen ohnehin runden Kopf verziert ein neonfarbenes Stirnband und an seinen Füßen glänzen Hightech-Laufschuhe mit ebenfalls neonfarbenen Schnürsenkeln. Grins und Doppelgrins! Ein Alien!

»Also los, Musti. Lass uns starten.«

Er winkt ab. »Vergisses, Alter. Hab's mir an-

ders überlegt. Joggen ist nichts für mich. Läufst du besser alleine. Wart ich hier auf dich.«

»Okay, wie du meinst«, sage ich und spurte los.

Nach zehn Minuten ist es so weit. Ungefähr zweihundert Meter vor mir entdecke ich Charleen und arbeite mich an sie heran.

»Hal… lo… Cha… leen …«, rufe ich. Diesmal stammle ich nicht, weil ich schüchtern bin, sondern, weil ich kaum noch Luft in den Lungen habe. Und diesmal schwitze ich auch nicht, weil ich nervös bin, sondern, weil ich an der Grenze meiner Leistungsfähigkeit bin. Wie gesagt, bisher habe ich Sport für sinnlosen Quatsch gehalten. Mein Shape ist darum unterirdisch.

Tatsächlich dreht Charleen sich um, lächelt und lässt mich an sich herankommen. »Hey, guten Morgen, Felix. Ich wusste gar nicht, dass du auch laufen gehst.«

»Scho… scho… schon jahre… lang«, röchel ich.

»Cool.«

Charleen erhöht wieder leicht ihr Tempo und ich ahne, dass ich es keine fünfhundert Meter durchhalten werde.

Ich muss mir etwas einfallen lassen. »Du … warte mal … mein Schnürsenkel ist auf«, erkläre ich.

Charleen lächelt. »Echt? Ist ja seltsam. Deine Schuhe haben doch gar keine Schnürsenkel, sondern Klettverschlüsse.«

»Oh. Ist mir … noch gar nicht … aufgefallen.«

Sie lacht und läuft in langen, eleganten Sprüngen weiter. Ich spüre, wie mein Herz im reinsten Techno-Beat hämmert. Jetzt nur nicht aufgeben – das läuft hier gerade richtig gut. Endlich habe ich sie mal ganz für mich allein!

Genau in dem Moment, als ich das denke, höre ich hinter mir eine fröhliche Stimme: »Hey, Leute. Ist ja super, dass ich euch hier treffe …«

Ich muss mich gar nicht umdrehen, um zu wissen, dass *er* es ist. Robert Maschmann. Hat man denn nie seine Ruhe vor dem? Und woher weiß er eigentlich immer so genau, wo ich bin? Hat er mich mit einem Peilsender verwanzt?

Keine zehn Sekunden später drängelt Robert sich zwischen mich und Charleen – und anders als ich stolpert er nicht wie ein fußlahmes Maultier, sondern hüpft lässig wie ein kenianischer Langstreckenspezialist.

»Hallo Robert. Na, das ist ja ein Zufall, dass du auch läufst – und dann auch noch hier in der Gegend. Es ist doch Zufall?!«, fragt Charleen. Ihre Stimme verrät, dass sie das Ganze ein wenig seltsam findet.

Robert aber lässt sich nicht beirren. »Zufall? Natürlich nicht, Charleen. Ich bin mir nämlich sicher, dass es das Schicksal ist, das uns hier zusammenführt.«

»Meinst du? Wär ja witzig. Dann hat also auch das Schicksal dafür gesorgt, dass wir hier alle drei aufeinandertreffen?«, fragt Charleen mit hochgezogener Augenbraue und deutet auf mich.

Robert grinst frech. »Nee, das ist kein Schicksal. Das ist mieses Karma. Außerdem glaube ich nicht, dass Felix noch sehr lange bei uns ist. Er

sieht so aus, als bräuchte er bald künstliche Beatmung und eine Nährstoff-Infusion.«

»Ga... ga... gar nicht«, stoße ich hervor. Dabei hat Robert leider recht. Ich habe inzwischen so schmerzende Seitenstiche, als würde man mir ohne Narkose die Nieren herausoperieren.

»Was... haltet... ihr... von... einer... Pause?!«, frage ich darum.

Charleen sagt: »Klar, warum nicht?! Wir können da vorne auf der Wiese ein paar Übungen machen. Gehört sowieso immer zu meinem Programm.«

Sie steuert auf eine Grasfläche zu, lässt sich auf den Boden nieder und beginnt mit allerlei Turnübungen: Sit-ups, Liegestütze, Klappmesser...

Robert fackelt nicht lange. Er lässt sich neben ihr nieder und macht es ihr nach. Wobei seine Liegestütze wie die eines amerikanischer Elitesoldaten aussehen. Hoch, runter, hoch, runter. Beeindruckend.

Ich dagegen liege röchelnd auf Charleens anderer Seite und mache Liegestütze wie ein mexikanischer Bauarbeiter während der Mittagspause. Hoooooch. Runnnnnter. Weniger beeindruckend.

»Hey, Rohrbach. Sollen das etwa Liegestütze sein? Sieht eher aus wie Rehabilitations-Yoga unter Drogeneinfluss.«

»Dann sieh mal genau hin, Maschmann!«, antworte ich – und tatsächlich setzt meine Angst, mich vor Charleen zu blamieren, ungeahnte Kräfte in

mir frei. Ich beschleunige das Tempo. Hoch, runter, hoch, runter. Wie eine hydraulische Schrottpresse.

So kommt es, dass Robert und ich nebeneinander ein Liegestützen-Duell austragen, das die Welt noch nicht gesehen hat… Irgendwann aber kann ich nicht mehr. Genau wie Robert. Wir brechen beide unter der Anstrengung zusammen und liegen hechelnd und schwitzend im Gras.

Als sich mein Blick wieder klärt, sehe ich mich verwundert um. »Wo ist eigentlich Charleen?«, frage ich.

»Was? Wieso? Sie müsste doch…«

»Nein, ist sie nicht. Sie ist weg.«

Während wir uns unseren albernen Liegestützen-Zweikampf geliefert haben, ist sie einfach weitergelaufen. Wir sehen gerade noch, wie sie ganz am Ende der Straße um eine Ecke biegt.

Robert setzt sich auf, sieht mich spöttisch an und sagt: »Die Runde geht ganz klar an mich, Rohrbach. Selbst wenn du die nächsten drei Jahre laufen gehst, wirst du trotzdem immer noch aussehen wie ein Kandidat bei *Deutschland sucht den Super-Spargeltarzan.«*

Lachend springt er auf die Beine und trabt davon. Schlurfend und mit hängendem Kopf kehre ich zu Musti zurück, der mich auf einer Parkbank erwartet und gemütlich ein paar Schokoriegel in sich hineinstopft.

41.

Am Abend sitze ich frustriert zu Hause und gucke Fernsehen, surfe im Internet, höre Musik – aber nichts kann meine schlechte Laune vertreiben.

Schließlich gehe ich, um mich abzulenken, einer meiner Lieblingsbeschäftigungen nach. Leise schleiche ich mich rüber in Jack Russells Zimmer, die zum Glück bei ihrem Freund ist, und schnappe mir ein paar ihrer Manga-Hefte. Dann greife ich zu einem schwarzen Edding und *verschönere* die Comics.

Das habe ich schon oft gemacht, weil Jack total auf diese Girly-Mangas, also *Sailor Moon, Doremi* und *Momoko,* steht. Und das, obwohl ich, ihr Bruder, der genialste Zeichner der Welt bin und irgendwann meine eigene Comicreihe herausgeben werde, die eine Million mal besser sein wird als alle Sailor Moons, die sie je gesehen hat. Ich hasse Mangas. Mal abgesehen von *Conan, Naruto* und *Dragon Ball.* Darum gestalte ich einen ihrer Bände immer mal wieder etwas um … Ich persönlich finde, dass die danach immer viel besser aussehen als vorher. Aber Jack hasst mich dafür noch mehr als ohnehin schon. Heute ist mir das total egal. Mir selbst geht's nach meiner Aktion jedenfall deutlich besser.

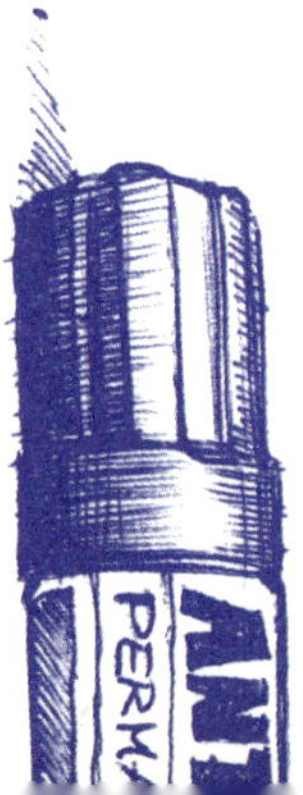

42.

Ein paar Tage später habe ich meinen Optimismus wiedergefunden. Ich werde der Welt beweisen, dass man sein Schicksal ändern kann. Es ist möglich, ein anderer Mensch zu werden und sich selbst neu zu programmieren. Darum teile ich meinen Eltern mit, dass ich unbedingt Mitglied in einem Fitnessstudio werden möchte. Natürlich wundern die sich ziemlich darüber und mein Dad sagt: »Und wir dachten immer, dass du Sport für eine Art Folter hältst.«

»Ich habe meine Meinung halt geändert«, erkläre ich schulterzuckend.

Mom lächelt wissend. »Jaja. Mädchen sind doch für vieles gut – auch dafür, Jungs dazu zu bringen, ihren Lebensstil zu überdenken.«

Typisch Mom. Sie durchschaut einen immer. Ist ja auch ihr Job. Aber egal. Jedenfalls erklärt sie mir kurz darauf, dass sie gerne bereit ist, mir die Mitgliedschaft in einem Studio zu finanzieren.

43.

Schon am nächsten Tag beginne ich mit dem Training. Ein Mitarbeiter des Fitnessstudios begrüßt mich, mustert mich von Kopf bis Fuß, unterdrückt ein Grinsen und sagt: »Okay. Da müssen wir wohl ganz von vorne anfangen …«

Er heißt Toni und sieht selbst aus wie Dr. Bruce Banner nach der Verwandlung in den unglaublichen Hulk. Nur dass seine Haut nicht grün ist, sondern in einem sanften Bronzeton schimmert.

Toni begleitet mich von Gerät zu Gerät und erklärt mir alles. Jedes Mal sieht er mich von Neuem abschätzend an, bevor er dann die niedrigste Gewichtsstufe einstellt.

Überrascht stelle ich fest, dass es richtig Spaß macht, an den Geräten zu trainieren. Dabei vergesse ich fast, warum ich die Anstrengung überhaupt auf mich nehme.

Aber am dritten Abend im Studio erlebe ich mal wieder eine unangenehme Überraschung. Gerade sitze ich am Butterfly-Trainer und bin stolz darauf, inzwischen nicht nur eine Eisenplatte, sondern zwei auf- und abbewegen zu können. Dann aber bemerke ich aus den Augenwinkeln, wie jemand sich auf das gleiche Gerät direkt neben mir setzt, den Metallbolzen ganz nach unten schiebt und

dann mit gleichmäßigen Bewegungen den ganzen riesigen 70 Kilo schweren Metallklotz auf- und abbewegt.

Und anders als ich stöhnt derjenige auch nicht bei jeder Wiederholung wie ein gebärendes Walross, sondern bewältigt das Ganze fröhlich pfeifend.

Mit einem ziemlich unguten Gefühl drehe ich den Kopf zur Seite. Nein, ich bin nicht überrascht, als ich feststelle, wer dort neben mir trainiert. Es ist niemand anderes als Robert Maschmann. Taucht dieser Vollpfosten eigentlich überall auf, wo ich mich herumtreibe?! Offenbar findet das Schicksal das besonders witzig und lässt uns darum immer wieder aufeinandertreffen.

Robert grinst schleimig, dass der Fiesling-Schleim nur so tropft, und fährt sich durch die frisch gewaschenen Haare. Dann sagt er: »Ich will dich ja nicht frustrieren, Rohrbach. Aber bevor *du* einen Body hast, der Charleen beeindruckt, haben wir alle längst Abitur und sind in alle Winde verstreut. Und ich bin wahrscheinlich mit ihr verheiratet!«

»Ich glaube nicht, dass du jemals das Abi bekommen wirst, Robert. Weil dein Gehirn ein Muskel ist, den du leider seit Jahren nicht trainiert hast.«

Robert Maschmann ist wirklich dumm wie Dosenbrot. Um ihn loszuwerden, müsste ich ihm nur folgende Frage stellen: Sag mal, Robert, wenn du dich umdrehst, müsste doch deine linke Hand zu deiner rechten Hand werden, oder?!

Das würde dazu führen, dass Robert sich die nächsten zwei Stunden um sich selbst drehen und dabei ratlos auf seine Hände starren würde…

Aber dann fällt mir ein, dass es ja gar nicht darum geht, Robert loszuwerden – sondern Charleen zu gewinnen!

44.

Die nächsten zwei Wochen verbringe ich wie ein Topathlet während der Vorbereitung auf die nächsten Olympischen Spiele. Jeden Morgen vor der Schule gehe ich joggen – und jeden Morgen kommt Musti in seinem Running-Suit mit, rennt aber nicht, sondern sitzt auf der Parkbank und futtert Energieriegel. Danach gehe ich zur Schule, verbringe den Vormittag damit, Charleen anzuschmachten, erledige meine Strafarbeit bei Toaster-Manni und gehe anschließend ins Studio, um Gewichte zu stemmen.

Jeden Tag treffe ich dort auf Robert. Unser Duell nimmt immer dramatischere Formen an. Alle Übungen erledigen wir nebeneinander und versuchen, uns dabei jeweils zu übertrumpfen. Täglich erhöht er die Gewichtsmenge und ich genauso. Das führt dazu, dass wir beide vor Anstrengung laut stöhnen und sogar herumschreien. Irgendwann fangen die anderen Besucher an, sich bei der Geschäftsleitung über uns zu beschweren.

Als wir eines Tages gerade beide am Bankdrücken sind – Robert stemmt 110 Kilo und ich immerhin 55 – steht der Inhaber des Studios plötzlich vor uns. Er ist ein riesenhafter Typ im

Trainingsanzug, mit der Körperhaltung eines Gorillas und dem Blick eines Berufskillers. Um seinen speckigen Nacken baumelt ein Goldkettchen. Jedes freie Stück Haut, das man sehen kann, ist mit extrem kitschigen Tattoos bedeckt. Von oben sieht er auf uns herab, lässt seine Fingerknöchel knacken und sagt: »Ich weiß ja nicht, was für einen Film ihr beiden Clowns am Laufen habt. Aber das hier ist nicht der Ort, um ihn auszutragen. Ich entziehe euch hiermit die Mitgliedschaft im Studio. Tobt euch woanders aus. Aber nicht hier, wo ihr allen übrigen Gästen auf die Nerven geht.«

Kurz darauf landen Robert und ich in hohem Bogen auf der Straße. Unsere Klamotten fliegen gleich hinterher. »Lasst euch hier nicht mehr blicken, ihr Spinner!«

45.

Nach dem Rausschmiss aus dem Studio ist mein Intensiv-Training zwar beendet. Aber immerhin habe ich in der letzten Zeit deutlich Fortschritte gemacht. Mein Shape und meine Optik haben sich echt ganz schön verändert.

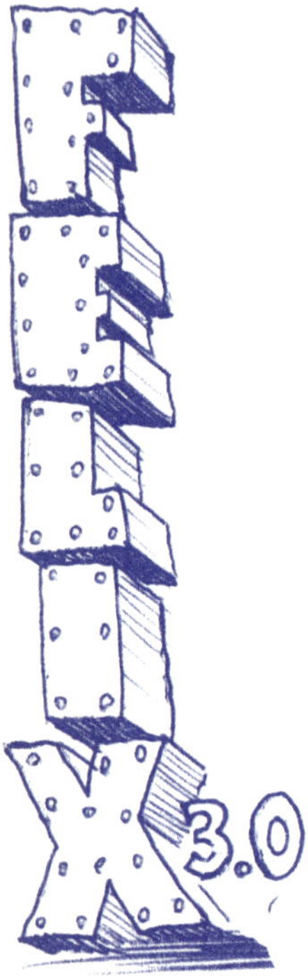

Es ist höchste Zeit, Charleen meine Fortschritte zu präsentieren. Am nächsten Tag in der großen Pause lehne ich mich deshalb lässig an eine Mauer und warte darauf, dass Charleen auf dem Weg zur nächsten Stunde an mir vorbeikommt.

Als sie endlich auf mich zukommt, spanne ich sämtliche Muskeln am Körper an und nehme verschiedene Posen ein – wie ein Bodybuilder bei der Endausscheidung zur Kür des Mr Universum.

Charleen bleibt stehen, mustert mich aus zusammengekniffenen Augen und fragt: »Tut dir irgendetwas weh, Felix?«

»Nein, gar nicht«, presse ich hervor.

»Und wieso redest du dann so komisch?«

»Weiß nicht«, zische ich.

»Du bist auch knallrot im Gesicht!«

Allerdings, das ist eine Tatsache. Vor lauter Posing habe ich leider das Atmen vergessen.

»Sonnenbrand«, stoße ich hervor.

»Echt? Dabei war doch gar nicht so gutes Wetter.«

»Ja, kann sein. Aber siehst du meine Muskeln?«

»Welche Muskeln? Warte mal, ich glaube, ich habe eine Lupe dabei.«

Demonstrativ kramt sie in ihrer Tasche. Ich sacke in mich zusammen. Offenbar ist meine Körperentwicklung doch nicht so beeindruckend, wie ich gehofft habe.

Charleen lacht auf. Dann seufzt sie und sagt: »Glaubst du eigentlich wirklich, mich durch solche komischen Aktionen beeindrucken zu können? Wenn das so ist, dann bist du aber echt schiefgewickelt.«

»Oh!« Mehr bringe ich nicht hervor.

»Ich find's voll bescheuert, wenn ein Junge versucht, etwas zu sein, was er nicht ist.«

Doppel-Oh. »Dann findest du mich also bescheuert?«

»Das habe ich nicht gesagt. Es ist nur so, dass es mir völlig egal ist, ob ein Typ einen tollen Körper hat oder nicht. Und ob er coole Klamotten trägt oder nicht. Was er vor allem braucht, ist das gewisse Etwas. Er soll charmant und zuvorkommend sein, er soll mir nette Dinge sagen und mir das Gefühl geben, mich auf Händen zu tragen. Also, um's zusammenzufassen, er muss ein echter Kavalier sein. Zu blöd, dass du das leider so überhaupt nicht bist.«

Mit diesen Worten dreht sie sich um und lässt mich einfach stehen. Ich fühle mich matt wie eine 20-Watt-Glühbirne in einem tiefen, dunklen Kellerverlies.

46.

Die Begegnung mit Charleen macht mich total fertig. Wieder liege ich auf meinem Bett und ärgere mich über mich selbst. Verdammt, warum stelle ich mich nur immer so dämlich an, wenn sie in meiner Nähe ist?!

Diesmal ist es sogar noch schlimmer. Denn das, was sie mir gesagt hat, bewies, dass sie wirklich ein Supermädchen ist. Das beste überhaupt. Und ich weiß jetzt, dass wir wirklich zueinanderpassen. Sie will mich so, wie ich bin! Ein Hauptgewinn. Ich muss jetzt nur noch dafür sorgen, dass sie das auch so sieht.

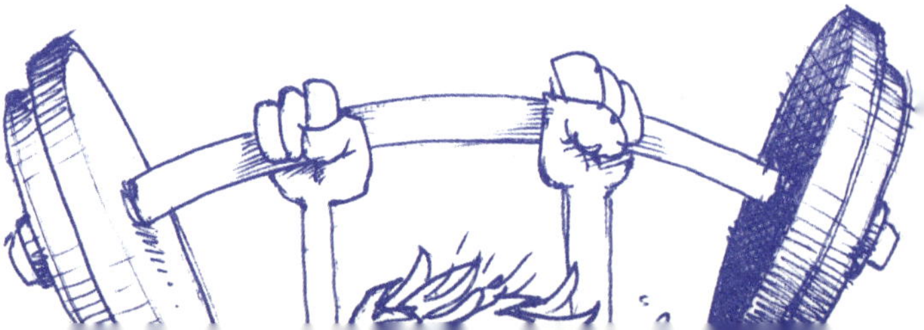

47.

Wenn mir die richtigen Sprüche für Charleen schon nicht von selbst einfallen, dann muss ich halt Nachhilfe nehmen. Ich kratze mein letztes Taschengeld zusammen und melde mich bei einem Flirt-Kurs an. Die Adresse finde ich im Internet.

Am Samstagvormittag ist es so weit. Auf dem Weg zum Kurs frage ich mich, wie das Ganze wohl ablaufen wird und ob alle Teilnehmer am Ende ein Zeugnis bekommen. Gibt es da vielleicht sogar Noten? Wenn mich dann später mal jemand fragt, ob ich gut mit Mädchen flirten kann, muss ich dann antworten: Geht so, ich habe eine Drei plus?!

Außer mir sind elf weitere Teilnehmer da, drei Jugendliche, der Rest Erwachsene. Der älteste Teilnehmer ist achtzig Jahre alt, der totale Opa. Als wir eine Vorstellungsrunde machen, sagt er mit krächzender Stimme: »Ich möchte am liebsten ein ganz junges Ding kennenlernen, also höchstens sechzig oder siebzig Jahre alt.«

Ein anderer Teilnehmer heißt Murat und erinnert mich total an Musti. Auf die Frage, warum er an dem Kurs teilnimmt, erklärt er: »Weissu, will ich so

zu Mädchen hingehen und so, weissu. Will ich sagen, ey du Frau, du und ich, checkssu, sind wir gemacht so füreinander, weissu?! So will ich machen, Digger. Nur bisher klappt nicht so, weissu?! Hassu vielleicht Tipp für mich, Alter?«

Der Seminarleiter heißt übrigens Gregor. Er trägt Jeans und ein T-Shirt, ist sportlich und sieht ziemlich gut aus. Er grinst die ganze Zeit, und zwar so intensiv, als hätte sein Zahnarzt vergessen, nach der letzten Behandlung die Maulklammern zu entfernen.

Nach der Begrüßung hält Gregor einen Vortrag, in dem es – natürlich – um Mädchen geht. »Hey, Leute. Es gibt so viele Jungs und Männer da draußen, die schüchtern sind, wenn sie es mit Mädchen oder Frauen zu tun haben. Dabei ist das totaler Quatsch. Frauen sind gar nicht so kompliziert, wie die Leute immer behaupten. Darum ist Flirten auch gar kein großes Ding. Es läuft nach einem ganz einfachen Reiz-Reaktions-Schema ab. Ihr sagt etwas Nettes und das Mädchen oder die Frau freut sich. Das klingt viel-

leicht primitiv, aber ihr glaubt nicht, wie viele Männer genau das nicht kapieren. Die glauben, man muss besonders hart oder unfreundlich sein, um eine Frau zu beeindrucken. Aber so funktioniert es nicht.«

Murat lässt den Kopf hängen und sagt: »Verdammt, warum hat mir niemand früher gesagt?!«

Nach einer Pause gehen wir zu den paar praktischen Übungen über. Dafür bilden wir Zweiergruppen. Einer spielt das Mädchen und der andere muss sie ansprechen.

Ich arbeite mit Murat zusammen, der sich als ganz in Ordnung herausstellt. Er tänzelt herum wie ein Mädchen, was er so überzeugend macht, dass MEIN Reiz-Reaktions-Schema sofort anspringt – ich stehe vor ihm und stottere nur blödes Zeug.

Gregor sieht sich meine Performance an und sagt: »Das war schon gar nicht schlecht, Felix. Jetzt mal davon abgesehen, dass man kein Wort verstanden hat. Aber mach dir keine Sorgen, das Problem haben viele Jungs. Sie werden total schüchtern, wenn sie vor einem Mädchen stehen. Am besten lernst du einfach ein paar Komplimente und Anbaggersprüche auswendig. Die kannst du dann anbringen, wenn es so weit ist. Ich mache es dir mal vor.«

Diesmal muss ich das Mädchen spielen. Gregor stellt sich vor mich, lächelt mich an und sagt: »Hey, ich bin froh, dass kein Filmproduzent und kein Model-Agent in der Nähe ist. Der würde dich nämlich sofort entführen und dich berühmt machen – so aber habe ich die Chance, ein wenig mit dir zu reden.«

»Oh«, sage ich daraufhin. Das habe ich doch schon mal irgendwo gehört.

»Geil, der Spruch, oder?«, fragt Gregor.

»Klar, ist echt beeindruckend.«

Gregor grinst. »Ich habe noch mehr auf Lager. Zum Beispiel den hier: Ich habe immer gewusst, dass es Engel gibt. Aber jetzt habe ich zum ersten Mal einen gesehen. Hoffentlich fliegst du nicht gleich wieder weg…«

»Doppel-Oh«, sage ich. Diesmal mischt sich in meine Überraschung auch Ärger und Wut. Kann es sein, dass Robert Maschmann, der Flirtmeister Nr. 1, der größte Mädchen-Experte der Schule seine Tricks ganz einfach hier in der Flirtschule gelernt hat?!

»Kanntest du den etwa schon?«, fragt Gregor, dem meine seltsame Reaktion nicht entgangen ist.

»Allerdings«, sage ich.

»Kein Problem. Dann zeige ich dir jetzt meinen besten Spruch. Den musst du dir unbedingt merken, der funktioniert nämlich immer.«

Wir beginnen das Spiel von vorne und diesmal sagt Gregor Folgendes: »Ich hatte mein ganzes Leben lang das Gefühl, auf irgendjemanden zu warten. Und jetzt bin ich zum ersten Mal davon überzeugt, dass ich ihn gefunden habe. Und weißt du, wer dieser jemand ist? Du!«

»Wow. Der ist wirklich gut«, sage ich und meine es ernst. Der Spruch gefällt mir. Wenn ich den Charleen gegenüber bringe, wäre das nicht einmal gelogen.

48.

Am Abend steht der große Praxisteil auf dem Programm. Gemeinsam mit Gregor gehen wir in eine Bar. Jeder von uns soll sich ein Mädchen aussuchen und seine neuen Flirttechniken austesten. Ich sehe mich suchend in der Bar um – und dann klappt mir die Kinnlade runter, als hätte mir ein Schnellchirurg mal eben die Kiefermuskeln herausoperiert. 

. Sie sitzt mit Larissa von Eckstein und Tanja Pelmini an einem Tisch in der Ecke. Der Wahnsinn! Das hier ist also gar kein Training – das hier ist der Ernstfall.

Gregor, dem mein seltsamer Gesichtsausdruck nicht entgangen ist, sieht mich besorgt an. »Felix! Alles in Ordnung mit dir?«

»Da … da … da …«, stottere ich und zeige in Charleens Richtung.

»Die ist süß, die Kleine. Und verdammt hübsch. Aber so eine ist 'ne Nummer zu groß für dich, Sportsfreund. Bei so einer kann nur ein Profi landen«, erklärt er fachmännisch.

»Aber … aber … DAS IST SIE.«

»Du meinst, das Mädchen, in das du verliebst bist?«, fragt Gregor erstaunt.

»Genau.«

Gregor schluckt. »Okay, das ist natürlich etwas anderes. Dann geht's jetzt ums Ganze. Vergiss nicht, was wir besprochen haben. Gib dich als Winner. Immer lächeln, immer höflich sein, immer an dich selbst glauben. Und dann bring ihn, den ultimativen Flirtspruch – die Atombombe unter den Anbaggersprüchen. Du erinnerst dich doch noch daran, oder?!«

»Klar«, sage ich.

Gregor gibt mir einen Schubs in Charleens Richtung. Aber genau in diesem Moment geht die Tür auf und herein kommt – Robert Maschmann. War ja klar. Fluch und Doppelfluch!

Robert sieht mich an, ich sehe ihn an – und dann beginnt eine Art Wettrennen zu Charleens Tisch. Dumm nur, dass die Bar ziemlich voll ist und unser Wettlauf einige Crashs zur Folge hat. Ich stoße zum Beispiel auf halbem Weg den Kellner an, der ein voll beladenes Tablett balanciert, das samt Inhalt auf dem Tisch einer Vierergruppe landet. Robert wiederum knallt mit zwei Leuten zusammen, deren Cocktails sich über den Abendkleidern von zwei älteren Damen ergießen.

In der ganzen Bar bricht ein Riesengeschrei aus. Die Gäste geben sich gegenseitig die Schuld an dem Chaos, der Kellner versucht zu schlichten, wird daraufhin aber nur selbst angepöbelt. Es fehlt nicht viel und in der Bar wird eine Massenschlägerei ausbrechen …

Aber davon lassen sich weder Robert noch ich beirren. Nicht jetzt, so kurz vor dem Ziel.

Wir sind beide ziemlich außer Atem, als wir schließlich vor Charleen und den anderen Mädchen stehen.

»Na?! Geht's euch gut, Jungs?«, fragt Charleen lächelnd. Sie trägt ein enges Stretch-Kleid und sieht einfach zum Anbeißen aus.

»Wenn ich dich sehe, geht's mir immer gut«, sagt Robert.

»Ist ja witzig, das wollte ich auch gerade sagen«, sage ich. Nicht gelogen – denn auch den Spruch haben wir vorhin von Gregor gelernt.

Robert beugt sich weit zu Charleen vor und sagt mit Säuselstimme:

»Außerdem möchte ich dir noch etwas sagen.«

»Ich auch«, sage ich und beuge mich ebenfalls zu ihr.

Charleen lächelt. »Nun, ich möchte keinen von euch bevorteilen – dann sagt mir doch einfach beide gleichzeitig, was ihr mir zu sagen habt.«

Robert und ich sind einverstanden, also beginnen wir auf drei und sagen dann gleichzeitig wie ein gut geprobtes Gesangs-Duo: »Ich hatte mein ganzes Leben lang das Gefühl, auf irgendjemanden zu warten. Und jetzt bin ich das erste Mal davon überzeugt, dass ich ihn gefunden habe. Und weißt du, wer dieser jemand ist? Du!«

Als wir zu Ende gesprochen haben, herrscht eine seltsame Stille am Tisch. Robert und ich starren erst Charleen an und dann uns. Kurz darauf brechen Charleen, Larissa und Tanja in schallendes Gelächter aus. Und Tanja sagt: »Seid ihr vielleicht Zwillinge und wisst es nur nicht? Die sollen ja auch oft die gleichen Dinge tun und sagen.«

Robert verzieht den Mund: »Ich? Zwilling mit dem da? Niemals.«

»Never ever«, sage ich.

In diesem Augenblick tritt Gregor hinter uns. »Hey, Jungs – wie läuft es? Alles roger? Ach, ihr kennt euch? Ja, der Robert war schon vor Monaten bei mir im Kurs und lässt sich seitdem von mir coachen. Scheint so, als wenn ihr Konkurrenten wärt, was? Tja, das lässt sich nicht vermeiden. Auf dass der Bessere gewinne.«

»Wer ist der denn?«, fragt Charleen irritiert und deutet auf Gregor.

»Das ist ... äh ... also ...« Zum ersten Mal erlebe ich, dass Robert stottert.

»Das ist unser Flirt-Coach«, erkläre ich. Warum lügen? Es ist sowieso alles zu spät nach diesem katastrophalen Auftritt.

Charleen lacht laut auf. »Na, wenigstens bist du ehrlich, Felix.

Und jetzt, Jungs, macht bitte einen Abgang. Ich finde euch zwar ganz süß – aber zusammen sein möchte ich wirklich mit keinem von euch.«

»Süß?!«, wiederholen Robert und ich wie aus einem Mund.

»Ja, besonders dich, Felix. Jedenfalls am Anfang. Dann nicht mehr. Weil du so komisch geworden bist. Und die ganze Zeit versucht hast, den da zu imitieren ...«

Sie wirft Robert einen abfälligen Blick zu. Eigentlich sollte ich mich ja darüber freuen. Aber seltsamerweise kann ich das jetzt auf einmal nicht mehr. Weil Robert Maschmann mir auf einmal leidtut, das erste Mal in meinem Leben. Eine solche Abfuhr hat sogar eine Schleimbacke wie er nicht verdient.

Ich stupse ihn daher in die Seite und sage: »Los, lass uns verschwinden, Robert.«

»Gute Idee. Felix. Hier haben wir wirklich nichts mehr verloren.«

49.

Schweigend gehen Robert und ich nebeneinander ein paar Schritte die Straße runter. Dann sehen wir uns an, nicken und setzen uns nebeneinander auf den Bordstein. Wir fühlen uns wie zwei Boxer, die den ganzen Abend im Ring gegeneinander geboxt haben. Es gibt keinen Sieger und keinen Verlierer. Völlig fertig sind wir trotzdem alle beide.

»Weißt du, was, Rohrbach? Charleen hat uns ganz schön verarscht. Wir hatten nie eine Chance bei ihr.«

Ich nicke. »Kann man so sagen. Obwohl … sie hat ja eigentlich nie etwas gesagt, oder? Vielleicht haben wir uns auch einfach nur selbst ein Bein gestellt?«

»Kann sein. Ist aber eigentlich auch egal. Es gibt genug andere Mädchen. Vergessen wir sie einfach.«

»Ich weiß nicht, ob ich das kann. Sie ist etwas Besonderes.«

»Schon«, stimmt er mir zu. »Aber trotzdem lohnt es sich nicht, dass wir uns wegen ihr bekämpfen oder lächerlich machen.«

Zum ersten Mal ist mir Robert Maschmann ein klein wenig sympathisch. »Einerseits hast du schon recht«, sage ich. »Andererseits war ich noch nie so sehr in ein Mädchen verknallt wie in Charleen.«

Robert sieht mich erstaunt an. »Du willst also selbst jetzt nicht aufgeben? Obwohl sie gesagt hat, dass sie nichts von dir will?«

»Weiß nicht. Vielleicht.«

»Na, dann viel Glück. Du wirst schon sehen, was du davon hast.«

50.

Am nächsten Morgen muss ich zu meiner Überraschung feststellen, dass sich über Nacht die ganze Welt auf den Kopf gestellt hat. Ich merke es in dem Moment, als ich den Schulhof betrete. Meine Mitschüler benehmen sich wie die Mitglieder eines Flamingoschwarms – sie drehen sich alle gleichzeitig und synchron zu mir um und starren mich an. Dann grinsen sie und geben ein respektvolles *Boa, da kommt Felix* von sich.

Dann kommt Musti auf mich zu und klärt mich auf, was hier abgeht. »Hey, Digger, geil, dich zu sehen. Bist ein Hero geworden, Felix-Dude. Ein Superstar, Mann. Gratuliere, Checker.«

»Kannst du mir mal verraten, was hier los ist? Ich kapier's nicht«, sage ich.

Musti will gerade anfangen, etwas zu erklären, als die Tür vom Hauptgebäude aufgeht und Toaster-Manni ins Freie tritt. Mit strammen Schritten kommt er auf mich zu und sagt schon von Weitem mit lauter Stimme: »Ah, da ist ja Felix, mein Lieblingsschüler. Lieber Felix, ich möchte dir ganz herzlich danken. Ich kann dir gar nicht sagen, wie stolz wir alle auf dich sind.«

51.

Der Flügelschlag eines Schmetterlings kann einen tropischen Wirbelsturm auslösen und damit den Lauf der Welt verändern … und eine nächtliche Sprayaktion an einer Schule kann das Leben eines 16-jährigen Jungen um hundertachzig Grad zum Guten wenden …

Die Folge unserer Aktion – einschließlich der Tatsache, dass ich erwischt wurde – war nämlich, dass Toaster-Manni mir eine Strafarbeit gegeben hat.

Ich musste in den zurückliegenden Wochen meine nächtlichen Sprayereien in ein großflächiges Wandgemälde umarbeiten. Toaster-Manni hat mir sogar die Farben bezahlt und mit mir an den Entwürfen gearbeitet.

Was er mir allerdings nicht erzählt hat, ist die Tatsache, dass er vergangene Woche Fotos von meinen Grafittis gemacht und an eine Kommission für kreative Schulgestaltung geschickt hat. Und diese Kommission hat nun ausgerechnet mein Wandgemälde unter Hunderten von

Einsendungen zum Sieger erklärt. Ich bekomme nicht nur tausend Euro Preisgeld und einen Handschlag vom Schulsenator unserer Stadt. Am Vormittag rückt in der Schule auch noch ein Kamerateam vom Lokalfernsehen an. Sie filmen mich vor dem Hintergrund meines Street-Art-Gemäldes und stellen mir allerlei Fragen darüber, wer ich bin, wie lange ich schon spraye und was ich sonst so mache usw.

Es ist der Wahnsinn. Gerade war ich noch der größte Chaot der Schule. Und schwups!, schon bin ich ein angesagter Typ, mit dem alle befreundet sein wollen. Und zwar wirklich ALLE.

Denn nach dem Interview passiert das Wunder. Larissa von Eckstein und die It-Girls rollen heran wie eine riesige Kosmetik-Lawine, die mich unter sich begräbt. Die ganze Clique, wirklich alle, kommen auf mich zu. Larissa, Tanja Pelmini, Sonja Nirumand und ungefähr noch zehn andere Mädchen, die hysterisch kreischen und sich dicht an mich drängen. Mir steigt so viel Parfum in die Nase, dass mir ganz schwindlig wird. Von den Blicken, die sie mir zuwerfen, will ich gar nicht sprechen.

Larissa von Eckstein gibt Tanja Pelmini einen Schubs und die flötet: »Hey, Felix. Das ist so cool, dass du ins Fernsehen kommst. Echt wow.«

»Freut mich, dass du dich freust«, sage ich.

Sie überlegt kurz und sagt dann: »Ja, freut mich, dass du dich freust, dass ich mich freue.«

Hey, sie ist doch schlauer, als ich dachte. »Und was genau willst du jetzt von mir, Tanja?«, frage ich.

Sie kichert. »Larissa gibt am Samstag eine Party. Und wir würden uns echt freuen, wenn du kommst. Ich kann dir übrigens verraten, dass Charleen auch da sein wird. Ich glaube, dass sie sich total freuen würde, dich dort zu sehen.«

»Du meinst die Charleen, die mir am Samstag einen Korb gegeben hat?«, frage ich erstaunt.

»Ach, ich glaube, sie hat es sich noch einmal überlegt, jetzt, wo du berühmt bist.«

52.

Am Samstag ist also meine große Chance. Ich darf sie nicht wieder so in den Sand setzen wie das letzte Mal. Hoffentlich geht das gut!

Wieder einmal zeigt sich, dass auf meine Freunde Verlass ist. In den Tagen bis zum Wochenende vollenden Lea und Musti ihre *Pimp-my-Felix-Show.* Sie verpassen mir den letzten Schliff. Lea und Prinz Thomas gehen mit mir einkaufen und suchen ein paar richtig coole Klamotten für mich aus. Musti schleppt mich zum Friseur, und der wäscht und schneidet mir nicht nur die Haare, sondern unterzieht mich einer kompletten kosmetischen Behandlung, gegen die sogar die Gurkenmaske von Prinz Thomas ein Witz war. Der Friseur zupft mir die Augenbrauen, putzt mir die Ohren aus, stutzt meine Nasenhaare und gibt mir anschließend sogar Tipps zum Schminken. Original. Sogar Jungs tun das heutzutage. Dezent, aber mit einem umwerfenden Erfolg.

Der Höhepunkt ist der Nachmittag, an dem meine Mom mir eine Kavaliers-Schulung gibt. Sie erklärt mir, wie man ein Mädchen richtig begrüßt, wie man ihr die Tür aufhält, wie man sich verhält, wenn man mit ihr zu Tisch sitzt, was man tut, was man sagt – und was man nicht sagt.

53.

Endlich ist Samstag. Der Tag der Party. Ich ziehe meinen neuen Smoking an, den Lea für mich ausgesucht hat, schlüpfe in die dazugehörigen Lackschuhe, schmiere mir Gel in die Haare und neble mich mit meinem neuen Rasierwasser ein.

Als ich anschließend vor den Spiegel trete, erkenne ich mich selbst fast nicht wieder.

Das, was mir im Spiegel entgegenblickt, ist Felix 2.0. Ich bin von mir selbst beeindruckt. Ich bin ein Typ, in den sich Spitzengirls wie Charleen verlieben könnten.

54.

Noch nie in meinem Leben war ich auf so einer Party. Ich fühle mich wie ein Alien, das zum ersten Mal auf der Erde gelandet ist. Alle Jungs hier tragen Anzüge oder Smokings und dazu Krawatten oder Fliegen. Die meisten haben außerdem Gel in den Haaren und riechen, als hätten sie zu Hause in Rasierwasser gebadet und danach eine Flasche Mundwasser getrunken. Die Mädchen stecken in glitzernden Abendkleidern mit teuren Broschen, tragen dazu funkelnden Schmuck an den Ohren oder um den Hals. Ziemlich stilvoll das Ganze – eher wie auf einem Ball als wie auf einer Party.

Alle Gäste, mit denen ich ein bisschen quatsche, behandeln mich, als wäre ich ein Popstar oder so. Sie reden über meinen Fernsehauftritt und darüber, dass Toaster-Manni mich ein Vorbild für andere Schüler genannt hat.

Trotzdem überlege ich, ob es nicht doch besser wäre, abzuhauen und zu Musti zu fahren, als sie plötzlich vor mir steht. Charleen.

»Ha … ha … hallo, Fe … Felix«, sagt sie und verzieht seltsam den Mund.

»Hallo, Charleen. Alles okay mit dir?!«, frage ich verwundert.

»J … a. klar. Danke. Ist nur … na ja, ja, nein … also … ist toll, mit dir zu reden.«

Sie ist nervös. Staun und Doppelstaun. Das kann doch nicht wahr sein. Das Super-it-Girl, das bisher nichts aus der Fassung bringen konnte, kann plötzlich vor Nervosität nur herumstammeln. Und zwar weil sie mit mir redet! Außerdem schwitzt sie. Sichtbar.

Ich könnte mich totlachen.

»Gehts dir auch wirklich gut?«, frage ich übertrieben fürsorglich.

Sie gewinnt ihre Fassung zurück und sagt mit einem aufreizenden Lächeln: »Du bist jetzt berühmt, Felix. Das ist ja so cool. Ich bin echt begeistert.«

»Hast du dir mein Bild in der Schule angesehen. Gefällt es dir?!«

»Ach so, ja klar. Ist nicht so mein Ding. Street-Art. Aber ist ja auch egal. Ich meine, du willst doch nicht wirklich mal Künstler werden, oder?!«

»Wieso nicht?«, frage ich verwundert.

»Na ja, weiß nicht. Kann man damit Geld verdienen?!«

»Ist das wichtig?«

Sie lächelt und hakt sich bei mir ein. »Ach, darüber wollen wir jetzt gar nicht sprechen.«

Langsam schlendern wir in ein anderes Zimmer und setzen uns auf ein Sofa. Vorher besorge ich uns noch etwas zu trinken. Dann quatschen wir mindestens eine Stunde und ich stelle fest, dass ich bisher eigentlich gar nichts über Charleen wusste. Was schade ist. Weil es mir eine Menge Stress erspart hätte. Denn mit jedem Satz, den sie von sich gibt, spüre ich deutlicher, dass sie eigentlich nicht mein Fall ist. Denn genau wie alle anderen hier redet sie die ganze Zeit nur über morgen, nächste Woche, nächstes Jahr. Und über Jobs, Autos, Geld.

Könnte ich mit so einem Mädchen auch am See liegen und hoch zu den Sternen sehen – so wie ich es immer mit Musti und Lea getan habe? Niemals.

Diese Erkenntnis trifft mich wie ein Schlag. Abrupt stehe ich auf und sage zu Charleen: »Würdest du mich bitte entschuldigen. Ich habe was Dringendes zu erledigen.«

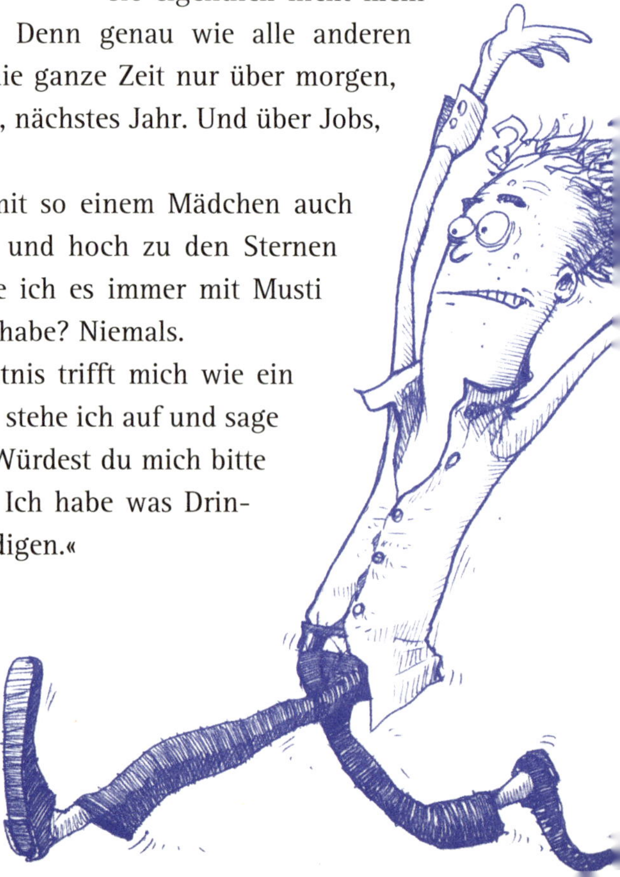

55.

Keine fünf Minuten später stehe ich auf der Straße. Ich reiße mir die Fliege vom Hals und werfe sie lachend ins Gebüsch. Es tut gut, wieder frei atmen zu können.

Keine zwanzig Minuten später stehe ich vor Mustis Haus. Aus dem Inneren höre ich Musik und leisen Partylärm. Offenbar haben er und Lea spontan beschlossen, ebenfalls zu feiern.

Ich sehe übrigens inzwischen nicht mehr so stylisch aus

wie vorhin. Während ich hierhergejoggt bin – endlich weiß ich, wofür das dämliche Training gut war –, habe ich einen Schuh verloren. Außerdem bin ich mir ein paar Mal auf den Saum der Smokinghose getrampelt, bis sie gerissen ist und sich in eine Art Fransenlook verwandelt hat. Dasselbe gilt für meine Frisur. Das Gel hat sich beim Laufen mit meinem Schweiß vermischt und so sind auf meinem Kopf innerhalb von nur zwanzig Minuten so etwas Ähnliches wie Dreadlocks entstanden.

Als Musti die Haustür öffnet, starrt er mich ungläubig an, grinst dann fett und sagt: »Willkommen zurück, Alter.«

»Heißt das, ihr nehmt mich zurück? Ich darf wieder mit euch abhängen? Und ihr verzeiht mir den ganzen Mist, den ich gebaut habe?«

»Was redessu, Alter? Bist du mein Freund oder was? Komm rein, vergessen wir die ganze Geschichte, Digger. Obwohl … wie Lea denkt, weiß ich nicht. Mussu selbst fragen.«

Musti dreht sich um und ruft nach Lea, aber die steht schon hinter ihm. Sie schiebt sich die Haare aus dem Gesicht, grinst mich ebenfalls an und sagt: »Ich freue mich voll, dass du wieder da bist, Felix. Mehr als ich dir sagen kann.«

»Ich möchte mich bei dir entschuldigen. Mir ist so einiges klar geworden und …«

»Vergiss es, Felix. Es war bizarr, aber ich glaube, wir haben alle was daraus gelernt.«

56.

Den Rest des Abends hängen wir bei Musti rum, dann fahren wir mitten in der Nacht mit den Fahrrädern raus zum See. Wir hocken uns auf einen alten Baumstamm und blicken aufs Wasser hinaus, in dem sich die Sterne spiegeln.

Schließlich sage ich: »Lasst uns irgendeine Scheiße bauen, Leute. Irgendetwas Großes.«

Musti schnaubt. »Hassu vergessen, wie letztes Mal gelaufen ist?! Haben wir nicht noch mal son Glück.«

»Was schwebt dir denn so vor?«, fragt Lea.

»Keine Ahnung«, erkläre ich. »Wie wäre es mit Abhauen?!«

»Und wohin?«, fragt Lea.

»Weit weg. Australien. Südsee. Die Richtung.«

Musti fängt wieder an zu grinsen. »Yo, Mann. Klingt nicht schlecht.«

»Klingt sogar verdammt gut«, sagt Lea.

»Dann los! Jeder Weg fängt mit dem ersten Schritt an.«